다,

괜
찮
다

다, 괜찮다

다르게 살아도, 어떤 모습이어도

이의수 지음

한국경제신문

저는 순간순간의 작은 행복과 성취가 모여 큰 행복과 성취를 만들어가는 것이라 생각합니다. 앞으로의 삶은 아마도 더 작은 행복과 성취들이 더 많이 있을 거라고 기대합니다. 직장생활을 하면서 앞만 보고 열심히 살았던 시간들을 회고해볼 수 있었고, 그때 이 책을 읽었더라면 더 많이 위로받고 더 힘을 낼 수 있었겠다는 생각을 했습니다. 조금은 멀고 막연하게 느껴지는 미래의 삶에 대비하는 마음가짐을 배울 수 있는 이 책을 추천합니다. 일과 가족, 인생 그리고 나에 대해 돌아보는 시간을 통해 당신의 인생 후반전은 더 의미 있어질 겁니다.

정기영 (前 삼성경제연구소 대표이사 사장)

누구보다 많이 울어야 하는 나이 중년. 나이들수록 더 큰 소리로 울어야 한다는 걸, 그래야 살 수 있다는 걸 우린 늦게 깨달았다. 중년은 아프다. 이 책은 그런 중년들의 아픔에 대한 보고서이자 그런 중년들에게 보내는 응원의 메시지다. 삶의 무게와 책임감을 어깨에 짊어지고 최선을 다해 살아온 중년들에게 괜찮다고, 괜찮아지는 법을 뜨겁게 말하는 책. 삶이 아프고 삶에 지친 중년들에게 위안이 되어줄 것이다.

박상미 (《마음아, 넌 누구니》 저자, 더공감 마음학교 대표)

어떤 삶을 살아야 만족감을 느낄 수 있을까요? 지나고 보면 많은 일들이 상실감으로 따라옵니다. 이 책은 자신을 버리고 앞만 보며 열심히 달려온 이들에게 나타나는 '하나님의 섭리에 따라 사는 삶의 가치'를 보여줍니다. 지면紙面마다 경험과 공감을 넘어 통찰과 영감으로 삶의 체질을 바꾸는 힘을 담고 있습니다. 인생의 거친 풍랑에도 깊은 바다처럼 흔들림 없는 평상심의 체화體化는 저자가 독자들에게 주는 귀한 선물입니다. 돌아보면 지나간 그 어떤 삶도 낭비가 아니라 축적이요, 그동안의 삶이 다 괜찮았다는 위로와 용기를 주고 새로운 삶의 가능성 역시 보여줍니다. 삶에 지쳐 있는 이 시대의 모든 중년들에게 이 책이 희망이 되기를 소망합니다.

오정현 (사랑의교회 담임목사)

요즘 어떠신가요? 괜찮으신가요? 살면서 우리는 수많은 상실과 상처를 경험합니다. 특히 중년의 시기를 지나가는 분들은 그런 감정들을 더 심하게 겪곤 하지요. 이 책에서는 지금까지 열심히 살아온 당신의 삶을 인정하고 칭찬합니다. 칭찬받아 마땅한 것이 우리 모두의 삶이니까요. 상처를 치유하고 인생 후반전의 삶을 더 잘 보내기 원하신다면 한번 꼭 읽어보시길 권해드립니다. 진심에서 우러나오는 따듯한 격려와 응원, 지혜로운 메시지가 큰 울림으로 다가옵니다.

채정호 (《퇴근 후 심리 카페》 저자, 서울성모병원 정신건강의학과 교수)

남이섬을 신화 세계의 성공 스토리로 전환시키고 상상의 나라를 건설하는 일은 '괜찮은' 일이 거의 없었습니다. 하다보니 다 괜찮아졌습니다. 가능성을 믿으면 상상은 현실이 됩니다. 여러분의 가능성을 믿으세요. 이 책의 저자는 상처와 상실, 쓸쓸함과 고독감을 느끼는 사람들에게 위로와 용기의 메시지를 전하면서 지금까지 잘 살아오신 게 여러분의 가능성이라고 합니다. 여러분 인생의 후반전은 이제부터 조금 다르게 살아도 괜찮습니다. 당신의 또 다른 어떤 모습도 응원합니다. 앞으로의 삶 역시 다~ 괜찮을 겁니다!

강우현 (탐나라상상그룹 대표이사, 前남이섬 대표이사)

아픈 건 20대면 끝나는 줄 알았다. 그렇지 않았다. 30대도 역시나 아팠고, 40대도 분명 아플 것이다. 그렇다면 아프지 않길 바라지 말고, 스스로 아픔을 치유하고, 나아가 아픈 만큼 성장할 수 있는 방법을 배우는 것이 나이를 잘 드는 핵심이 아닐까. 《다, 괜찮다》는 그동안의 인생이 상처투성이였어도 괜찮고, 앞으로 살아낼 시간이 장밋빛만이 아니어도 괜찮다는 격려와 안도의 메시지다. 저자는 산티아고를 걸으며 희로애락의 의미를 곱씹었다. 그리고 인생의 모든 사건과 시간을 스스로 치유의 포인트로 만드는 방법을 독자들에게 알려준다. 앞서간 선배의 메시지가 마흔, 쉰을 살아내야 할 내게, 그리고 여러분들에게 큰 힘이 될 것이라 생각한다.

김혜민 (《눈 떠보니 50》 저자, YTN라디오 생생경제 PD 및 진행자)

○ 우리의 삶을 안아주어야 할 시간

인생人生은 인생忍生이라고 하더니 누구에게나 인생은 힘들고 어렵다. 나이 마흔에 나를 돌아보면 내가 원했던 것보다 내가 원하지 않았던 인생의 길을 걷고 있고, 내가 할 수 있는 것보다 내가 할 수 없는 것들이 더 많은 나의 모습을 보게 된다. 고난의 터널을 막 빠져나온 아플 수도 없는 마흔이 자신의 마음 깊은 곳의 이야기를 쏟아냈다.

마흔이 되면서 저는 소위 성공한 인생이었습니다. 돈, 지위, 명예 무엇 하나 모자란 것이 없었습니다. 내가 세상에서 제일 잘났고, 무엇이든 할 수 있을 것 같았습니다. 내가 선택할 수 있는 것들로 채워진 세상이 내가 원하는 방식대로 이뤄지는 세상이 펼쳐질 것이라고 확신했습니다. 주변 사람들도 다 그렇게 말해주었습니다.

"너는 더 잘나갈 일만 남았어."

그래서 저는 내 인생이 무너질 줄 몰랐습니다. 한순간에 모든 것을 잃어버렸습니다. 마흔일곱이 되던 해였습니다. 승승장구할 줄 알았던 저는 큰 충격을 받았습니다. 돈도, 사람도 모두 잃은 저의 곁에 남은 건 가족뿐이었습니다. 그렇게 친했던 사람들이 다 등을 돌리고 저를 외면했습니다. 아침 안개 사라지듯 모든 것이 사라지는 것을 경험하면서 깊은 절망에 빠졌습니다. 한 번도 실패를 생각해본 적이 없었기 때문에 더 깊은 나락으로 떨어지고 말았습니다. 가족들 얼굴을 보기도 힘들었습니다.

'내가 무엇 때문에 살아야 할까. 가족들 보기도 부끄러운 인생, 그만 끝내고 싶다.'

하지만 그 결심의 끝자락에서 저는 끝을 내지 못했습니다. '죽는 것도 제대로 못하는 한심한 인생이구나'라는 생각을 하며 병원에 실려갔습니다. 병원에 머문 사흘 동안 저는 깊은 침묵 속에서 고독한 시간을 보냈습니다. 그리고 다시 결심했습니다. '이대로 끝낼 수는 없다!' 인생의 끝자락에서 저는 다시 시작을 붙잡았습니다. 그래서 스스로를 다독였습니다. 견뎌내야 한다고, 기다려야 한다고.

어디에서 그런 열정과 힘이 솟구쳤던 것일까. 저는 우선 기회를 기다리는 일부터 시작했습니다. 그러자 조금씩 내가 할 수 있는 일들이 생겼고, 저는 그 작고 사소한 일들을 최선을 다해 해나갔습니다.

그러다 보니 그 작은 일들이 조금씩 더 크고 나은 일들로 연결되었습니다. 그 일들을 해나가면서 저의 인생도 조금씩 회복되기 시작했습니다. 예전처럼 성공을 확신하는 자신감 넘치는 인생의 자리로 돌아갈 수는 없었습니다. 하지만 저는 이제 작은 것들에도 감사해하고 만족할 수 있는 사람으로 변했습니다. 나를 바라보는 가족들의 따뜻한 시선이 고마웠고, 그런 마음으로 하루하루 최선을 다해 살다 보니 나를 도우려는 사람들이 생겨나기 시작했습니다. 돈은 예전보다 없습니다. 하지만 성공을 자신하던 지난 날의 저보다 더 많이 웃고, 더 즐겁게 인생을 살고 있습니다.

성공을 향해 줄달음치던 순간에는 자신감과 당당함을 달고 살았지만 그것은 가장된 인생이었습니다. 그 가면을 벗어던지고 내 인생을 다시 시작하면서 저는 자신에게 이렇게 말해주었습니다.

"다 괜찮아, 이것은 끝이 아니라 과정일 뿐이야!"

나 역시 내 나이 오십을 앞두고 인생 몸살을 겪었다. 아홉들이 겪는 진통이었다. 오십을 앞두고 나는 나에게 물었다.

"지금까지 잘 살았니? 앞으로도 이렇게 살고 싶니?"

잘 살았다기보다는 고생고생하며 지금처럼 살지 않기 위해 몸부림치는 내 모습이 보였다. 앞으로도 이렇게 산다면 내 인생에 대해 돌이킬 수 없는 후회를 할 것 같았다. 그래서 찾아낸

곳이 산티아고 순례길이었다. 하지만 시작부터 문제가 터졌다. 프랑스와 스페인의 국경을 이루는 피레네 산맥을 오르는데 얼마 못 가 비탈길에서 말로 다 할 수 없는 다리 통증과 땀이 쏟아졌다. 호흡은 가빠졌고 안개가 자욱한 산을 오르는 것 자체가 고통이었다. 한 걸음 한 걸음 움직일 때마다 평소 쓰지 않았던 허벅지 근육이 아파왔고 호흡은 거칠어졌다. 어쩐지 화가 나기 시작했다. 이 고생을 하려고 한 달 휴가를 투자하다니 어이가 없었다. 길을 떠날 때 마음에 품었던 의미와 목적은 생각나지 않았다. 고통만 느껴졌다. 몸이 힘드니 내가 가진 짐 하나하나까지 다 싫어졌다.

그러다 첫 번째 알베르게albergue를 만났다. 땀에 흠뻑 젖어 알베르게에서 운영하는 까페에 들어서는 순간, 커피향이 강렬하게 느껴졌다. 사과파이 하나와 에스프레소 잔을 받아 테이블에 앉았을 때, 나는 내 모습에 당황했다. 다른 사람들보다 더 빨리 걷고 싶어 욕심껏 걷다가 물에 빠진 생쥐 꼴이 된 내 모습. 마치 지난 내 인생 같았다. 순례자들과 경쟁하고 있는 내 자신이 한심했다.

순례길을 찾아온 목적과 다르게 걷고 있다는 생각에 나는 마음을 바꾸었다. 그리고 이전과는 다르게 걸었다. 아주 천천히, 여유 있게 걷기 시작했다. 천천히 걷다 보니 밤새 내린 안

개비가 만들어낸 예쁜 빗방울 구슬도 보였고, 길가에 피어 있는 꽃, 귀여운 달팽이들까지 보였다. 마음도 몸도 편안해졌고 피레네 산이 갖고 있는 모든 아름다움이 내 안에 가득찼다. 다른 사람보다 먼저 걸어가 내가 원하는 위치에 있는 알베르게 침대를 선택하는 일을 포기했을 뿐인데 걷는 일이 즐거워졌다. 무거운 짐은 더 이상 고통이 아니었다. 계획보다 한 시간 반 정도 늦게 도착한 알베르게에는 여전히 침대가 많았다.

성공하는 것보다 빨리 무너질 수 있는 것이 남자들 인생이다. 건강했던 남자들이 갑자기 쓰러져 혼수상태에 빠지기도 하고, 다른 사람들에게 베풀고 베풀어도 남았던 돈들을 한순간의 어이없는 실수로 다 날려버리기도 한다. 그런 끔찍한 실패를 겪은 사람들도 다시 일어선다. 그들이 길고 긴 인생의 터널을 빠져나오면서 결심한 마음은 똑같았으리라. 여기가 끝이 아니라는 것. 그들은 모두 '괜찮다'며 스스로를 격려했고, 이 시련은 과정일 뿐이라며 다시 몸을 일으켰을 것이다.

아플 수도 없는 마흔들에게 인생은 고달프고 힘들고 어렵기만 하다. 마치 몸의 일부가 된 것 같은 인생의 짐들은 중년들의 인생 이곳저곳에 덕지덕지 붙어 있다. 해결될 기미도 없다. 아플 수도 없는 중년들은 자신의 인생이 매일 낯설다. '이만큼 하면 될 거야. 저 언덕만 넘으면 오르막길이 더는 없을 거야'라고 생각하고 죽을힘을 다해 노력하지만 언덕 위에 오르면 눈앞에 더 높은 언덕이 있다. 문제를 해결하고 싶어 몸부림치지만 시간이 갈수록 해결해야 할 인생의 난제들은 더 많아지고, 강도도 더 세진다. 아플 수도 없는 중년들이 죽을 수도 없는 중년이 되는 것이다. 하지만 우리 인생은 원래 그렇다. 살면서 힘들지 않길 바란다면 지나친 욕심이다. 감당하기 힘겨운 일들을 만날 때마다 우리는 스스로를 다독여야 한다. 아플 수도 없는 중년들이 즐거운 내일을 꿈꾸며 사는 비결은 힘든 하루하루를 "다 괜찮아, 힘내"라고 말하며 안아주는 것이다. 살아 있는 한, 어떤 일도 끝이란 없다. 모든 것이 과정이다. 깊고 어두운 터널 속에 있고, 발이 닿지 않는 늪에 빠진 것 같아도 그 모두가 과정이다.

마지막 같은 상황이 닥치더라도 잊지 말자. 지금 내가 겪고 있는 이 고통이 나의 마지막이 아니라는 것을. 이 모든 고비를 잘 극복하고 나면 언젠가는 평탄한 들판을 마주 볼 것이다. 오늘을 힘 있게 살기 위한 자기 격려와 돌봄의 말.

"다 괜찮아, 힘내."

이 말을 나 자신과 내 친구와 내 가족과 내 지인들에게 건네자. 괜찮지 않은 고달픈 일이 생길 때에도 되뇌어보자.

"다 괜찮다"고.

이 모든 것은 과정일 뿐이라고.

다, 괜찮다

다르게 살아도, 어떤 모습이어도

한 번도 상처받지 않은 영혼은 없다

상처를 치유하는 여섯 가지 명약

버리고 비우는 단순한 삶의 즐거움

가장 오래 배웅해주는 사람은 가족이다

나는 나로 충분하다

인생은 한 번뿐이지만 여러 번 다시 태어날 수 있다

나오며

한 번도 상처받지 않은
영혼은 없다

상처와 아픔이 새겨주는
굵은 나이테

> 상처를 받았건 상처를 주었건 우리 내면에 새겨진 아픈 흔적들을
> 모른 척해서는 안 된다. 내가 입은 상처와 내가 준 상처를 용기 있게
> 마주 보아야 한다.

이 세상에는 사연 없는 사람도 없고 상처 없는 사람도 없다. 존재하는 사람의 숫자만큼, 세상에 널려 있는 사연의 숫자만큼 수많은 상처가 존재한다. 우리 모두는 누군가로부터 상처를 받으며 살아간다. 어떤 이는 부모나 배우자에게서, 혹은 전혀 모르는 사람에게서 상처를 받는다. 상처받는 이유는 다양하다. 엄격한 가정환경에서 통제받으며 어린 시절을 보내도, 오랫동안 학대나 비난을 받아도, 장애가 있거나 이혼을 했어도 상처를 받는다. 오랜 실직으로 경제적 곤란에 처하거나 직장에서 집단 따돌림을 당해도 상처가 남는다.

무엇보다도 가장 긍정적이고 사랑으로 이어져야 할 가족관계가 일그러지면 결코 지워지지 않을 상처가 원초적인 무의식 영역에 아로새겨진다. 가족에게 받은 상처는 자존감과 자신감을 떨어뜨려 매사에 소극적이고 패배적인 생각을 갖게 만든다. 노력해서 잘 해낸 일도 스스로 인정하지 못할 뿐만 아니라, 타인에게 부정적인 평가를 받을 거라는 피해의식에 시달리기도 한다. 그러니 친밀하고 적극적인 대인관계를 맺을 수 없다. 두

려움 때문에 사람들과의 관계를 사전에 차단해버리는 것이다. 일면식도 없는 사람에게서 받는 상처보다 사랑하는 사이, 사랑해야 하는 사이에서 받는 상처가 그래서 더 깊고 오래간다.

나는 결혼을 앞둔 예비부부들을 위한 교육 프로그램을 오랫동안 진행해왔다. 이제껏 3,000여 쌍 이상을 만나왔는데, 사랑으로 충만해 있을 그 시기에도 그들은 서로에게 상처를 준다. 사랑하는 마음은 넘치지만 사랑을 주고받는 일에 서툴러서 문제가 생기기도 하고, 오해와 억측으로 신뢰가 깨지기도 한다. 그러니 이미 결혼해 오랜 시간을 함께 살아온 부부 사이는 오죽하겠는가. 가끔은 같이 사는 것보다 이혼하는 것이 훨씬 낫겠다는 생각이 드는 부부도 많다. 갈등의 골이 너무 깊어 관계 회복 가능성이 전혀 보이지 않을 때는 무조건 참고 살라고 말하기 어렵다. 폭력이 습관화된 관계가 특히 그렇다. 폭력이 개입된 관계는 부부관계를 넘어 자녀와의 관계에도 부정적인 영향을 미치니 단호하게 결정을 내려야 한다. 배우자가 습관적인 외도와 중독에 빠졌을 때도 나는 이혼 의사를 존중하기도 한다. 갈등을 해결하는 데 이혼만이 해답이 될 수는 없지만, 무조건 부부관계를 유지하는 것만이 정답이 될 수도 없다.

이혼을 앞둔 부부를 보면 오죽하면 이혼을 선택했을까 안타까운 마음이 든다. 세상이 변했다고는 하지만 이혼에 대한 차

다르게 살아도, 어떤 모습이어도

갑고 냉정한 시선이 여전한 것도 그런 마음이 드는 이유다. 이혼을 앞두거나 이혼한 사람들이 이야기하길, "이혼했어요"라고 말하는 순간 사람들이 거리를 둔다고 한다. 얼마나 힘들었으면 이혼했을까 하는 마음이 들면서도 이혼당할 만한 일을 저지르지는 않았는지 의심한다는 것이다.

내게 상담을 청해온 중년 여성 B도 도저히 결혼생활을 유지할 수 없는 상황이었다. B의 남편은 병적이고 습관적으로 외도를 저질렀다. 인터넷 채팅으로 만난 사람에서부터 선후배까지 대상을 가리지 않고 바람을 피웠다. B는 그래도 가정을 지켜야 한다며 참고 인내했지만 더는 참고 살 수 없는 지경에까지 이르렀고, 결국 이혼을 선택했다.

"신뢰가 깨지니 더는 같이 살 수가 없더라고요. 어떤 일을 해도 의심부터 하게 되고, 남편이 하는 말은 다 거짓말처럼 느껴졌어요. 같은 집에 사는데 얼굴 보는 것조차 괴롭다면 헤어지는 게 남은 제 인생을 위해 더 좋은 선택이 아닐까요?"

남편과 시댁 식구들의 심한 구박으로 이혼당한 여성도 있었다. G의 남편은 아내를 무시하며 폭력을 행사하는 사람이었다. 그것도 견디기 힘든 일인데 시댁 식구들까지 G를 짐승 취급했다고 한다. 혼수가 적다고 늘 불평하던 시아버지는 G에게 잠시 친정에서 쉬었다 오라며 그녀를 친정으로 보낸 뒤, 그곳으

로 혼수품을 돌려보냈다. 맨손으로 내쫓기다시피 한 G는 이제
는 그 누구도 믿지 못하겠다며 눈물을 글썽였다.

"남편과 시댁 식구들도 처음부터 저를 냉대하지는 않았어
요. 제가 가난한 집 딸이라는 걸 안 순간 돌변하더라고요. 냉대
와 무시를 겪으면서도 저는 남편의 사랑만 있으면 된다고 스스
로를 위로했어요. 하지만 남편이 시댁 식구들과 다르지 않다는
걸 뒤늦게 깨달았죠. 이제 저는 아무도 믿지 못하겠어요. 앞으
로 누군가를 사랑하거나 믿는 일도 없을 거예요. 이런 상처를
두 번 다시 경험하고 싶지 않아요."

이혼한 사람들에게는 이처럼 다양하고 아픈 사연들이 많다.
G처럼 일방적으로 이혼을 당하는 수모와 아픔을 겪기도 하고,
남편과 아내 둘 다 상처받는 피해자가 되기도 한다. 너무 사랑
해서 서로에게 상처를 주기도 하고, 사랑이 식어서 상처를 남
기기도 한다. 사랑으로 인한 상처로 인생이 흔들리는 사람들에
게는 매일매일이 힘겨운 고난의 연속이다.

우리의 삶 곳곳에는 상처 구덩이가 도사리고 있다. 누구도
그 구덩이를 피해갈 수 없다. 하지만 그렇다고 해서 우리가 상
처만 가득한 가여운 영혼일까? 우리는 내가 받은 상처만 크게
본다. 그러나 때때로 우리는 가해자가 되어 누군가에게 상처를
주기도 한다. 알면서도 일부러, 때로는 나도 모르게.

다르게 살아도, 어떤 모습이어도

상처를 받았건 상처를 주었건 우리 내면에 새겨진 아픈 흔적들을 모른 척해서는 안 된다. 내가 입은 상처와 내가 준 상처를 용기 있게 마주 보아야 한다. 상처를 대물림하고 그것에 사로잡혀 나락으로 떨어지지 않기 위해 상처의 원인을 들여다보아야 한다. 어떤 사람은 이렇게 묻는다.

"지금까지 겨우겨우 상처 입은 마음을 다독이며 힘들게 살아왔는데 지난 일을 굳이 끄집어내야 하나요?"

지난 상처를 상기하면서 자신을 비난하고 자학하라는 뜻이 아니다. 자신의 상처가 무엇인지 제대로 헤아리는 과정 속에서, 그리고 자신이 알게 모르게 상처 입힌 사람들을 떠올리는 시간 속에서 자신과 타인을 위로하고 격려해주라는 뜻이다. 상처 난 자리에는 약을 발라야 한다. 제때 치료하지 않으면 상처가 덧나거나 다른 부위에까지 퍼질 수 있다. 나는 상처 입은 사람들에게 이런 말을 해준다.

"자신을 비난하거나 자학해서는 안 됩니다. 그렇게 자신을 몰아붙인다고 해서 상처가 치유되지는 않습니다. '왜 나만 불운하지?' '왜 나만 상처받고 이렇게 바보 같이 사는 걸까?'라고 생각하면 이 생각들이 나를 더 불운하고 상처받은 사람으로 만듭니다.

이제는 자신을 위로해주며 깊은 내면을 차분히 헤아려야 합니다. 세상에는 나에게만 일어나는 일이란 없고, 이 세상에 상처받지 않는 사람은 없습니다. 자신의 상처와 다른 이의 상처를 응시하고 그 아픔을 감싸주고 헤아려줄 때 상처는 조금씩 아물어요. 상처를 아물게 하는 가장 큰 치유자는 다름 아닌 우리 자신입니다."

어느 시인은 '상처는 스승'이라고 했다. 살아가는 동안 상처는 우리를 그림자처럼 따라다닌다. 피할 수도 없고, 모른 척할 수도 없다. 뿐만 아니라 이미 마음속에 각인된 상처는 쉽게 지워지지 않는다. 하지만 상처에 대한 반응은 선택할 수 있다. 상처 많은 사람은 행복하기 어렵다는 학습된 무기력에 빠져 남은 인생을 고통스럽게 살 것인지, 아니면 상처에서 벗어나 자유롭고 건강한 삶을 살 것인지 선택해야 한다. 상처에 어떻게 반응하느냐에 따라 작은 상처가 태산보다 큰 상처가 될 수도 있고, 태산 같은 상처가 티끌만 한 상처가 될 수도 있다.

다르게 살아도, 어떤 모습이어도

과거에서 불러온
불안과 두려움

> 과거의 기억이라는 쇠사슬에 자신을 계속 묶어두면
> 현재와 미래를 꿈꿀 수 없다.

화목해 보이는 가정의 가장이자 대기업 과장 K와 그의 아내. 그들 부부에게는 아물지 않은 상처가 있다. 그들은 결혼 후 주말이면 K의 부모님 댁에 들러 함께 시간을 보내곤 했다. 어느 토요일 저녁, K가 부모님 집에 들어서자 아내와 부모님이 싸우는 소리가 들려왔다. 화가 난 K는 자초지종을 묻지도 않고 아내에게 다짜고짜 소리를 질렀다.

"지금 이게 뭐하는 짓이야? 당장 잘못했다고 빌어!"

남편의 서슬에 놀란 아내는 자기도 모르게 시부모님 앞에 무릎을 꿇었다. 그 후로도 아내와 부모님 간에 말다툼이라도 있으면 K는 불같이 화를 내며 아내에게 일방적인 사과를 요구했다. 이런 일들이 두세 번 반복되자 아내는 남편에게 섭섭한 마음이 들기 시작했다. 왜 전후사정도 듣지 않고 자신만 몰아붙이는지 이해할 수가 없었다. 남편과 조금씩 사이가 멀어지기 시작했고, 자연스레 시부모님과의 갈등도 점점 깊어졌다. 평소에 남편은 아이와 잘 놀아주고 청소나 빨래도 곧잘 했지만, 이제 아내는 남편을 보기만 해도 화가 치밀어 올라서 가까이 다가오는 것도 싫었다.

부부는 왜 이렇게 되었을까? 아내와 시부모님 간의 갈등 때문이 아니라 서로에 대한 이해가 부족했기 때문이다.

두 사람의 성장 배경은 많이 달랐다. 아내는 건설회사 사장의 딸로 유복하게 자랐다. 아버지는 권위적인 면은 있었지만 가족들을 잘 돌보아주었고, 가족들은 자신의 생각을 자유롭게 표현할 수 있었다. 반면 K는 대학을 중도에 포기해야만 하는 상황에 놓일 정도로 집안 형편이 급격히 어려워져 큰 고난을 겪었다.

"그때 아버지가 회사를 그만두고 퇴직금을 받아 저를 졸업시켜주셨어요. 그 후 지금까지 제대로 된 직장을 구하지 못하셨죠. 한창 일할 나이에 그렇게 되신 게 저 때문인 것 같아서 저는 늘 아버지께 죄송한 마음뿐입니다."

남편이 살아온 이야기를 뒤늦게나마 알게 된 아내는 남편이 자신과 전혀 다른 환경에서 자라왔음을 알게 되었다. 또한 남편이 자신에게 무조건 잘못을 인정하라고 다그친 건 자신을 사랑하지 않아서가 아니라 오랫동안 묵혀 놓았던 아버지에 대한 미안한 감정 때문임을 깨달았다. 남편의 깊은 내면을 이해하게 된 아내는 따뜻하게 웃으며 남편에게 말했다.

"진작 이야기해주지 그랬어요. 그랬다면 이렇게 시간을 낭비하지 않아도 됐을 텐데…."

진작 이야기해주었다면 아내가 남편을 오해하며 화를 내지 않아도, 서로 미워하고 서운해하며 긴 세월을 살지 않아도 되었을 것이다. 부부는 이제 서로를 이해하면서 행복한 제2의 신혼생활을 마음껏 누리고 있다.

과거의 기억에 얽매여 있으면 긍정적이고 건설적인 미래를 꿈꿀 수 없다. 현재의 나까지 불안과 두려움에 떨게 하는 과거의 기억이란 대체로 부정적이고 감추고 싶은 기억이다. 불안과 두려움은 바로 나 자신의 마음에서 온다. 다른 누구도 아닌 나 자신이 나의 과거와 현실을 불안해했고 앞으로의 미래를 두려움으로 바라본 것이다.

힘센 코끼리를 길들이는 법을 아는가. 생각보다 아주 간단하다. 코끼리를 과거의 기억에 붙잡아두면 된다. 먼저, 어린 코끼리를 정글 속으로 유인해 우리 속에 가두어놓고 발목에 쇠사슬을 채운다. 쇠사슬의 한쪽 끝을 크고 튼튼한 나무에 묶은 뒤 코끼리가 자유롭게 움직일 수 있게 해준다. 코끼리는 쇠사슬을 벗어나려 애를 쓰지만 사슬은 물론 나무도 꼼짝하지 않는다. 결국 자기 힘으로는 벗어날 수 없음을 깨달은 코끼리는 탈출을 포기한다. 그 후로는 다리에 묶인 쇠사슬이 팽팽해지기만 하면 활동 영역의 끝에 다다랐다는 생각에 더 이상 힘을 쓰지 않는다고 한다.

이 상태에 이른 코끼리는 크고 튼튼한 나무가 아닌 작은 말뚝에 묶어두어도 손쉽게 조정할 수 있다. 굵고 단단한 사슬로 묶어두어야 하는 새끼 코끼리와 달리 어른 코끼리는 가늘고 빈약한 사슬을 써도 된다고 한다. 사슬에 길들여지면 커다란 힘을 갖고 있어도 사슬을 벗어나지 못하기 때문이다. 즉 자신에게는 사슬을 끊을 수 있는 힘이 없다고 믿게 되는 것이다. 실제 힘은 세지만 마음이 사슬에 구속된 코끼리는 결코 사슬에서 탈출할 수 없다.

코끼리의 모습은 우리 인생과 다르지 않다. 과거의 기억에 사로잡혀 두려움에서 벗어나지 못하는 사람은 쇠사슬에 묶여 꼼짝 못하는 코끼리와 같다. 보이지 않지만 마음 한가운데 자리 잡은 과거의 두려움에 갇혀 앞으로 나아가지 못한다. 우리에게 과거는 현재나 미래만큼이나 중요하다. 과거를 성찰해야 현재를 바로 보고 미래를 내다볼 수 있기 때문이다. 하지만 과거의 기억이라는 쇠사슬에 자신을 계속 묶어두면 현재와 미래를 꿈꿀 수 없다.

과거는 지나간 시간일 뿐 현재에 일어나는 일이 아니다. 과거의 불행이나 불운이 미래에 다시 되풀이되라는 법도 없다. 그런데도 우리는 과거의 기억에 얽매여 과거와 같은 불행이 다시 찾아오지는 않을까 두려워한다. 스스로 과거의 노예, 두려움의 노예가 되어버리는 것이다. 우리 앞에는 과거의 시간이 아닌 현재와 미래의 시간이 놓여 있다. 과거와 비슷한 실패를 한다고 해도 과거의 시간을 그대로 반복하는 것이 아니다.

이렇듯 불안과 두려움은 생각하지도 못했던 곳에서 온다. 주변 사람들에게 인정받고 사랑받고 싶은데 그렇지 못할 때도 불안과 두려움을 느낀다. 인정받고 싶은 욕구가 채워지지 않거나 받고 싶은 만큼 사랑받지 못하면 자신을 결핍 있는 존재, 결함 있는 존재로 규정해버린다. 어린 시절의 애정 결핍과 관계있는 인정 욕구는 무의식 깊이 뿌리내려 성인이 되어도 좀처럼 사라지지 않는다. 오히려 더 커져서 과도한 물질 소유 욕구로 대체되기도 한다. 더 많이 가지거나 더 많은 돈을 벌고 싶은 욕망은 인정 욕구의 또 다른 얼굴인 셈이다.

이런 사람은 아무리 노력해도 남들에게 인정받는 사람이 될 수 없다. 왜냐하면 자신이 스스로를 인정받지 못하는 열등한 사람으로 마음속 깊이 규정해버렸기 때문이다. 아무리 노력하고 애를 써도 원하는 걸 이룰 수 없다고 자신을 가두는 순간, 나의 삶은 천 길 낭떠러지처럼 다가온다. 충분한 능력이 있음에도 자신을 자꾸 어둠 속으로 밀어 넣는 것이다.

우리는 어려서부터 치열한 경쟁 속에 살아왔다. 학교나 직장에 들어갈 때도, 승진을 해야 할 때도 늘 시험을 치러왔다. 시험에서 남들에게 밀리면 안 된다, 어렵게 올라온 이 자리에서 밀려나면 안 된다는 생각에 엄청난 긴장감과 두려움을 안고 살아간다. 자신의 삶이 예상치 못한 풍랑에 흔들리지 않을까 두려움에 떨고 있는 것이다. 특히 중년들은 '내가 아프거나 쓰러지면 가족들은 누가 돌볼까' 하는 염려가 머릿속에서 떠나지 않는다.

중년의 현실이 힘든 것은 사실이다. 하지만 최선을 다하며 살아왔는데 이제 와서 현실을 불안과 두려움의 눈으로 바라보는 것은 어리석은 행동이다. 솔직히 말해 나는 한 번도 미래를 준비해놓은 적이 없다. 준비되지 않은 인생 안에 놓인 온갖 장애물들을 헤치며 여기까지 왔다. 두려움보다 용기가 강했고 주저하는 마음보다 꿈을 이루고자 하는 열망이 컸기에 오늘날의 내가 가능했던 것이다.

중년이 될수록 두려움과 마주 서야 한다. 돌아가서 다시 시작할 시간과 기회가 많지 않기 때문이다. 중년은 마지막으로 내가 꿈꾸어온 일을 준비하고 시도할 수 있는 시기다. 새로운 도약을 위해서는 때로 절벽에서 허공을 향해 발을 내딛는 용기가 필요하다. 용기를 내는 사람에게 절벽은 더 이상 낭떠러지가 아닌 새로운 도전을 위한 디딤돌이 된다. 누구에게도 미

다르게 살아도, 어떤 모습이어도

래는 정해져 있지 않다. 미래는 예기치 않은 변수들로 가득 찬 미지의 시간이다. 스스로가 만든 불안과 두려움의 감옥에 갇혀 있기보다는 새로운 미래를 향한 발걸음을 용기 있게 내딛는다 면 청년 시절과는 다른 또 다른 중년의 삶이 눈앞에 펼쳐질 것 이다.

분노는
중년의 힘?

> 나의 분노는 타인에게 기대하는 마음이 좌절되었다는 생각과
> 내가 타인보다 못나고 부족하다는 열등감에서 기인한다.

50세에 접어든 Y. 그가 내게 털어놓은 마음속 이야기는 생각보다 훨씬 무거웠다.

"요즘 들어 저도 모르게 불쑥불쑥 화가 치밀어 올라요. 가슴이 답답해서 아무 말이나 뱉어버리고 싶어요. 아무렇지도 않은 사소한 일에도 분노가 불처럼 뿜어져 나오고, 제가 분노에 휩싸여 있다는 걸 스스로 느낄 수 있을 정도예요. 조금만 마음에 안 드는 게 있거나 누군가 저를 무시한다고 느끼면 화가 치밀어 올라 참기 어렵습니다."

반년 전에 만났을 때만 해도 희망과 활력이 넘치던 Y는 분노라는 에너지에 사로잡혀 옴짝달싹 못하고 있었다. 분노로 인해 중년 최대의 위기에 직면한 그는 자신이 '인생의 정체기에 놓여 있다'고 표현했다.

"마음 깊은 곳에 분노만 남았습니다. 분노가 조금이라도 가라앉으면 마음속이 평온해져야 할 텐데 살아가는 것이 귀찮고 무의미하게 느껴져 괴로워요. 아침에 일어나는 것도 점점 힘들고, 밤새 악몽을 꾼 듯 몸이 무겁고 가슴은 답답해요. 오늘 하

루를 어떻게 살아야 하나, 내가 꼭 살아야 하는 가치 있는 존재일까 하는 생각이 하루 종일 머릿속을 맴돕니다. 오늘도 여기까지 오는 게 쉽지 않았습니다. 상담이고 뭐고 다 때려치우고 깊은 산속에 들어가 숨고만 싶어요."

힘겹게 고백하는 그를 보며 나는 1년 사이 그의 생각을 지배하는 중요한 사건이 있었을 것이라 짐작했다.

"분노를 일으키는 원인이 있는 것 같습니다. 분노의 원인을 찾는 것이 분노의 에너지를 줄이는 첫걸음이에요. 최근에 안 좋은 일을 겪었나요?"

Y는 한참 후 고개를 끄덕이며 말을 이어갔다.

"퇴직하고 얼마 안 돼서 친구에게 사기를 당했습니다. 집 한 채만 남기고 지금까지 벌어둔 재산을 모두 잃어버렸어요. 평소 믿을 만한 사람으로 인정받던 친구였고, 그래서 30퍼센트 고수익이라는 달콤한 말에 더 이상 묻지도 않고 덜컥 계약을 했더랬습니다. 사기 친 친구도 잘못이지만, 쉽게 큰돈을 벌고 싶은 욕심이 저의 생각을 마비시켜서 벌어진 일이에요. 아내에게 사실대로 말해야 하는데 도무지 입이 떨어지질 않아요."

그는 큰돈에 눈이 멀어 친구를 믿은 자신을 원망했고, 자신에게 사기를 친 친구에게 화가 나 있었다. 동시에 아내에게 그 사실을 정직하게 털어놓지 못하는 자신의 나약함에도 분노하

다르게 살아도, 어떤 모습이어도

고 있었다. 그의 분노는 마음속 상처까지 활활 태우며 그를 끝없는 우울과 낙담에 빠뜨리고 있었다.

"우선은 아내에게 사실대로 말씀하세요. 시간이 지날수록 아내의 서운함도 커질 겁니다. 지금까지 살아오면서 하기 싫은 일도 수없이 해오셨잖아요. 아내에게 사실을 고백하는 일이 정말 끔찍하고 싫다는 걸 이해합니다. 하지만 어쩔 수 없어요. 아내에게 사실대로 말하고 진심으로 사과하세요. 그것만으로도 마음의 짐이 훨씬 가벼워지실 겁니다."

얼마 후 Y를 다시 만났다. 분노는 여전했지만 조금은 안정을 되찾은 듯 보였다.

"아내에게 사기당한 사실을 털어놓으며 진심으로 용서를 구했어요. 몇 달 동안은 제 근처에도 오지 않더군요. 그럴 만하죠. 다행히 지금은 조금씩 나아지고 있어요. 그것만으로도 마음이 놓입니다."

그는 중년의 한복판에서 인생의 정체기를 혹독하게 통과하는 중이었다. 재산 손실과 아내의 실망감, 불안한 노후는 여전했지만, 뼈아픈 실패를 디딤돌 삼아 새로운 인생을 살아가려 애쓰고 있었다.

Y 같은 극단적인 경우가 아니어도 중년이 맞닥뜨린 현실은 결코 녹록치 않다. 오랫동안 꿈꾸어온 일이나 하고 싶은 것이

있어도 쉽게 시작할 수가 없다. 가족을 책임져야 하기 때문이다. '오늘을 잡아라'라는 뜻의 '카르페 디엠carpe diem'을 실천하며 살고 싶지만, 자신이 행복해지면 가족은 불행해진다는 생각에 엄두가 나지 않는다. 더구나 장기 불황이 지속되면서 정직하게 벌어서는 제대로 된 노후를 준비하는 것이 어려운 게 현실이다. 이상과 현실의 큰 괴리에 중년들은 분노를 느낀다. 아무리 열심히 일하고 아끼며 살아도 최소한의 품위 있는 삶을 살지 못하는 자신의 현실에 자괴감과 함께 분노가 이는 것이다.

분노는 타인에 대한 기대와 희망에서 비롯된다. 상대에게 바라는 것이 채워지지 않거나 기대하는 것이 좌절될 때 마음속에서 분노가 뿜어져 나온다. 영어 표현에서 알 수 있듯 분노anger는 위험danger한 것이다. "위험에서 한 치 모자라는 것이 화"라는 미국 속담이 있다. 화, 즉 분노는 자신은 물론 타인까지도 위험에 빠뜨리는 부정적이고 공격적인 바이러스다.

분노는 내 뜻대로 되어야 한다는 자만심을 먹고 살아간다. 분노한 사람이 항상 "내가 어떤 사람인지 알아?" "내가 왕년엔 말이지…"라며 '내가'라는 말을 내세우는 이유도 이 때문이다. 자만심을 불쏘시개 삼아 마음속에서 타오르는 분노는 타인은 물론 자신까지도 활활 태워버린다. 방울뱀은 극도로 화가 나면 제 몸부터 물어뜯는다고 한다. 사람도 화가 나면 자신을 학대한다. 무엇이든 파괴하고 싶은데 그럴 수 있는 게 마땅히 없을 때 일차적으로 자신을 괴롭히며 학대하는 것이다.

분노는 타인을 따라잡거나 이길 수 없기 때문에 생기는 것이 아니다. 자신이 타인을 이길 수 없는 나약하고 부족한 존재라는 생각 때문에 생기는 것이다. 나약하고 부족한 자신에게 화가 나고, 그렇게 느끼게 만든 타인에게도 화가 나서 분노를 표출하는 것이다.

분노라는 파괴적인 감정에 사로잡히지 않으려면 어떻게 해야 할까. 무조건 참는 것만이 능사는 아니다. 무조건 참으면 분노가 계속 쌓여 원한과 적개심으로 변한다. 원한과 적개심으로 가득 찬 사람은 분노라는 에너지에 삼켜진 사람이다. 그러다 한순간 아무 일도 아닌 일에 불같이 화를 내기도 한다.

분노가 끓어오를 때는 표현해야 한다. 자신이 왜 분노했는지 제대로 이해하려면 누군가에게 말을 하거나 글로 적어보면 좋다. 이렇게 분노의 감정을 말이나 글의 형태로 객관적으로 드러내다 보면, 분노가 조금씩 가라앉으면서 자신이 분노한 이유를 알게 된다.

나를 분노케 하는 사람을 피하는 것도 좋은 방법이다. 그런데 이 말은 잘 와닿지 않는다. 쉽게 달랠 수 있는 화는 화가 아니고, 쉽게 조절할 수 있는 분노라면 애초에 일어나지도 않았을 테니 말이다. 화와 분노를 인정하되 그것이 죄가 되지 않는 방법이 있다. 바로 나를 분노케 한 다른 사람들의 잘못을 너그럽게 용서하는 것이다. 상대의 잘못을 너그럽게 용서해야 하는 데는 이유가 있다. 내가 느끼는 분노의 근원은 내 바깥의 타인이 아닌 바로 나 자신이기 때문이다. 다시 말해 나의 분노는 타인에게 기대하는 마음이 좌절되었다는 생각과 내가 타인보다 못나고 부족하다는 열등감에서 기인한다.

누군가 나를 분노케 하는가? 그로 인해 이성이 상실되고 생각이 마비되는 느낌이 드는가? 그렇다면 심호흡을 하며 천천히 숫자를 세어보자. 그래도 분노가 가라앉지 않는다면 분노가 아닌 기쁨과 즐거움을 주는 존재들을 떠올려보자. 당신은 분노의 마음보다 행복한 마음이 더 어울리는 사람이다.

다르게 살아도, 어떤 모습이어도

더 많은 아픔과 상실 속에서도
우리는 성장한다

> 나이가 들어간다는 건 상실을 자연스럽게 받아들일 만큼
> 생각과 마음이 넓어지고 성숙해진다는 의미다.

나를 찾아온 D는 큰 상실감으로 휘청거리고 있었다. 2년 전 아내가 세상을 떠났다고 털어놓은 D는 아내 생전에 잘해주지 못한 것이 후회가 되어 잠도 이루지 못한다고 했다. 지금도 문득문득 아내가 집 안으로 걸어 들어와 자신에게 환한 미소를 지어줄 것 같은 생각이 든다고 했다. 그리고 그런 마음 한 편에는 큰 병에 걸렸다는 이야기를 미리 해주지 않은 아내에 대한 원망도 자리 잡고 있었다.

"아내는 퇴직하느라 정신없는 저를 보고 아프다는 이야기를 못했던 것 같습니다. 제가 제 문제에만 관심을 갖고 아내에게 신경 쓰지 못한 것이 한스러워요. 아내가 아프다는 걸 왜 일찍 알지 못했을까, 남들보다 조금 빨리 아내와 헤어질 수 있다는 생각을 왜 전혀 하지 못했을까…. 이런 생각을 하다가 밤을 꼬박 새우기도 합니다. 가끔은 아내가 원망스럽기도 해요. 이렇게 훌쩍 떠나버린 아내가 밉기도 합니다. 아내는 제가 이렇게 사는 걸 바라지 않을 텐데, 아내 없는 저는 모자라고 못난 사람일 뿐입니다. 이 허무하고 뻥 뚫린 마음을 어떻게 해야 할지 잘

모르겠어요."

어깨를 들썩이며 눈물을 흘리는 D를 보며 나는 감히 어떤 말도 할 수 없었다. 무슨 말을 해준들 그에게 위로가 되거나 그의 상실감을 채워줄 수는 없을 테니까. 너무 큰 아픔을 겪은 사람 앞에서는 섣불리 위로의 말을 꺼낼 수조차 없다. 대체 누가 그의 마음을 헤아릴 수 있겠는가. 설령 누군가 그를 위로해주고 보듬어준다 하더라도 그건 그저 상처에 입김을 불어주는 정도일 것이다. 치유할 수는 없다. 상처를 아물게 할 사람은 D 자신뿐이다.

얼마 뒤 D는 이전보다 훨씬 편안한 표정으로 나를 찾아왔다. 새로운 직장에 자리를 잡고 제2의 인생을 살아보려 한다는 소식과 함께.

"다시 한 번 열심히 살아보려 합니다. 아내가 없는 자리는 아직도 너무 크지만, 언제까지 떠나간 아내를 그리워하며 제 삶을 탕진할 수는 없잖아요. 아내도 제가 이렇게 살기를 바랄 겁니다. 이 나이에 새로운 곳에서 다시 시작하려니 두려움도 크지만 일단 시작해볼까 합니다. 열심히 살다 보면 어떻게든 되겠죠."

담담하게 말하는 그의 눈빛에서 새로운 삶을 시작하려는 사람의 단단한 의지가 보였다. 그는 무엇으로도 채울 수 없는 상실을 경험했지만, 그 상실감을 발판 삼아 더 성숙한 삶으로 나아가고 있었다. 자주 보지는 못하지만 나는 먼발치에서나마 그의 앞날을 매일 축복해주고 있다.

중년의 상실감은 여러 곳에서 다양한 형태로 온다. 꼭 소중한 무언가를 잃어버렸을 때만 찾아오는 게 아니다. 실제로 잃어버린 것이 없어도 상실감을 느끼는 경우가 많다. 중년기를 흔히 '제2의 사춘기' 또는 '사추기思秋期'라고 부른다. 사춘기 못지않은 감정의 변화를 겪는다는 의미다. 중년이 되면 뚜렷한 이유 없이 마음이 허전해지고 작은 일에도 짜증이 나곤 한다. 이전과 비교해 달라진 것이 없는데도 소중하게 여겨온 것을 갑자기 잃어버린 듯한 상실감에 빠지곤 한다. 아무리 활기차게 살려고 해도 더 이상 젊어질 수 없고, 젊은이들처럼 힘차게 해낼 수 없다는 생각에서 오는 상실감인지도 모른다.

그러나 젊은 시절과는 달리 중년에 할 수 있고 해야 하는 일들이 있다. 인생의 반 이상을 살아오면서 시행착오를 거쳐 쌓아온 통찰력으로 세상을 관조하고 깊이 있게 헤아리는 것은 젊은 시절에는 하기 어렵다. 오랜 경험으로 단련된 상태에서 새로운 것을 이루어나가는 중년은 경험 없는 상태에서 새로운 것을 해나가는 젊은 시절과는 다르다. 젊은 시절에는 생각할 수 없는 것들을 이제는 생각할 수 있고 시도해볼 수 있다. 청년기에는 젊기에 할 수 있는 일이 있고, 중년기와 노년기에는 연륜이 쌓였기에 할 수 있는 일이 있다. 무엇이 우위에 있다고 생각할 것이 아니라 서로 다른 시간을 산다고 생각해야 한다. 돌아갈 수 없는 젊은 시절을 그리워하지 말고 지금 자신의 나이를 안아주어야 한다.

중년에는 목표를 향해 돌진하여 성공이라는 눈에 보이는 과실을 따먹는 삶보다는 주위를 둘러보며 그동안 보지 못했고 느껴보지 못했던 것에 의미를 부여하며 살아야 한다. 타인과 경쟁하고 비교하며 1등만을 최우선으로 여기는 삶의 자세에서 벗어나 나를 행복하게 해주는 것들을 찾아 나서야 한다.

모든 것은 날마다 새로워진다. 나이가 들어간다는 건 상실을 자연스럽게 받아들일 만큼 생각과 마음이 넓어지고 성숙해진 다는 의미다. 톨스토이는 이렇게 말했다.

"가난의 고통을 없애는 방법은 두 가지다. 재산을 늘리는 것과 욕망을 줄이는 것. 전자는 우리 힘으로 해결할 수 없지만 후자는 마음가짐만으로도 언제나 가능하다."

상실을 절대로 겪지 않겠다는 욕망을 버리고 상실이 언제든 우리 앞에 닥칠 수 있음을 받아들이면, 상실로 인한 고통은 줄어들 것이다. 언젠가는 겪게 될 것을 부정한다고 해서 겪지 않게 된다면 얼마나 좋겠는가. 그러나 우리는 그런 호사를 누릴 수 없다. 그 사실을 있는 그대로 받아들여야 한다. 마음을 열고

다르게 살아도, 어떤 모습이어도

숨을 크게 쉬며 넓은 가슴으로, 지나온 시간들을 잘 감당했던 것처럼 앞으로 닥쳐올 인생의 폭풍들을 담담히 이겨내야 한다. 상실을 잘 감당해나갈 때 삶의 가장 어둡고 슬픈 시간 속에서도 우리는 끊임없이 성장할 수 있다.

냇물에서 돌들을 치우면
냇물은 노래를 잃는다

냇물 사이사이 박혀 있는 돌들은 얼핏 물의 흐름을 방해하는
쓸모없는 존재로 보이지만, 사실은 냇물이 노래하며 흘러가게 도와준다.

우리는 살아가는 동안 자신도 모르게 많은 것들을 잃어버린다. '상실'은 인생에서 소중한 것을 잃어버릴 때 쓰는 표현이다. 소중한 무언가를 상실했을 때 우리는 큰 상처를 받는다. 하지만 동시에 상실은 우리 눈에 보이지 않는 귀한 선물을 숨겨놓기도 한다. 사실 상실은 나의 죽음을 제외하고 내가 살아 있기에 겪을 수 있는 경험이다. 다시 말해 살아 있지 않다면 결코 겪을 수 없는 것이 상실 경험이다. 살아 있다는 건 단지 숨을 쉬는 것만을 뜻하지 않는다. 내가 이 세상에서 유일한 '나'로 존재하고 있으며, 나와 세상이 하나로 연결되어 있음을 증명해주는 고귀한 상태다.

상실은 또한 나에게 소중한 것들의 가치를 일깨워준다. 특히 무심코 지나쳤거나 당연하게 여겨온 것들이 얼마나 소중한지 깨우쳐준다. 무언가를 잃어버리는 경험을 해봐야 잃어버린다는 것이 얼마나 뼈아프고 슬픈 일인지, 잃어버린 것이 나에게 얼마나 소중한지 알게 된다. 너무나 작고 사소해서 소중하게 여기지 못했던 일상의 행복이야말로 우리 인생의 감춰진 보물

이다. 상실 경험은 그러한 작고 사소한 것의 소중함이라는 인생의 진리를 가르쳐주며, 그로 인해 우리를 성장시킨다.

단테Dante Alighieri의 《신곡La divina commedia》은 시성詩聖 단테가 연인이었던 베아트리체를 놓친 아픔에서 써내려간 불후의 문학 작품이다. 연인을 잃은 뼈아픈 고통이 없었다면 세기의 작품을 쓸 수 없었을지도 모른다. 음악의 거성 모차르트Wolfgang Amadeus Mozart는 어떤가. 만약 그가 지독한 가난과 고독을 경험하지 못했다면 〈진혼곡〉을 작곡하지 못했을지도 모른다. 청각을 잃은 고통 속에서도 교향곡 제9번 〈합창〉을 작곡한 베토벤Ludwig van Beethoven도 마찬가지다. 베토벤이 소리를 듣지 못하는 절망 속에서 귀가 아닌 마음으로 음악을 듣는 경지에 이르지 못했다면 그는 거장의 반열에 오르지 못했을 것이다.

물론 위인들의 상실 경험을 예로 들어 상실의 긍정성을 이야기하는 건 너무 결과론적인 태도인지 모른다. 상실감에 빠져 고통 속에서 허우적대는 당시에는 이런 태평한 생각을 할 겨를이 없다. 연인을 잃고, 부모를 잃고, 때로는 직장을 잃어 생계가 막막한 상황에서 '이 고통이 나중에 내 삶의 밑거름이 될 거야'라고 생각할 여유를 가진 사람이 얼마나 되겠는가. 다만 상실 경험과 그로 인한 상처가 내 인생을 파괴하게 놔두지는 말라는 뜻이다. 충분히 아파하고 슬퍼하고 고통스러워하되, 그 고통이 나를 이기도록 두지는 말라는 뜻이다.

상실 경험 중 가장 아픈 것은 죽음으로 사람을 잃는 경험일 것이다. 나이를 먹을수록 우리는 타인의 죽음을 점점 더 많이 경험한다. 때로는 사랑하는 사람을, 때로는 아끼는 지인을 떠나보내는 아픔을 겪는다. 부모와 배우자는 물론 동료나 친척, 친한 친구를 잃기도 한다. 사랑하는 존재가 일시에 사라지는 건 나의 세계가 무너지는 듯한 뼈아픈 상실 경험이다. 중년이 되면서 나이 먹는 것에 민감해지는 이유는 나이를 먹는다는 건 노화를 넘어 죽음에 가까워지는 일이기 때문일지 모른다.

타인의 죽음뿐만 아니라 자신 역시 죽음에 점점 가까워짐을 느끼는 것도 두려운 일이다. 죽음이 공기처럼 소리 없이 나를 휘감으며 숨통을 죄여오는 기분은 공포스럽기까지 하다. 죽음은 내가 가진 모든 것을 일시에 무無로 만들어버린다. 죽음이 다가올 때 우리는 지나온 삶을 되돌아보며 큰 후회와 회한에 사로잡힌다. 죽음은 이처럼 사랑하는 사람들과 영원히 이별하게 만드는 경험이면서 나 자신을 잃어버리는 경험이기도 하다. 죽음이라는 근원적 상실 경험은 너무도 강력해서, 살아오면서 한 번도 신을 찾은 적이 없는 사람들마저 신의 이름을 목 놓아 부르게 한다.

일을 잃거나 직장을 떠나야 하는 것은 어떤가. 이것 또한 일종의 상실 경험이다. 일을 인생의 전부라고 생각하며 온몸을 바쳐온 중년들은 자신을 지탱해주던 보호막이 사라졌다는 생각에 불안과 두려움에 사로잡힌다.

지인 중에 늘 사표를 몸에 지니고 다니던 사람이 있었다. 터무니없는 이유로 상사의 질책을 받거나 부하에게 밀려 승진을 못할 때마다 회사를 그만두겠다며 하소연하곤 했다. 그러다 막상 퇴직이라는 현실이 닥치자 길을 잃은 아이처럼 허둥지둥하기만 했다.

퇴직에 대비해 오랫동안 제2의 인생을 준비해온 사람도 크게 다르지 않다. N은 명예퇴직 형식으로 직장에서 밀려나야 했다. 너무 갑작스러운 일이었지만 미리 이직 준비를 해놓아서 그나마 평정심을 유지할 수 있었다. 지금 그는 나무로 가구 만드는 일에 심취해 있다.

"나무를 크기에 맞게 잘라 대패질을 할 때마다 이 일이 적성에 맞는 것 같다는 생각이 들어요. 하지만 이 일을 직업으로 삼을 수 있을지는 확신이 서지 않습니다. 취미 활동으로 끝날지 아니면 새로운 직업이 될지, 직업이 될 수 있다 해도 언제까지 일할 수 있을지 아직은 잘 모르겠습니다. 그래도 끝이 어떻게 되든 상관없이 계속 해볼 작정입니다."

퇴직을 앞두었거나 이미 퇴직한 사람들이 모두 N과 같지는

다르게 살아도, 어떤 모습이어도

않을 것이다. 자신이 무엇을 하고 싶은지, 어떤 꿈을 꾸고 있는지 알지 못해 고민하는 사람들이 더 많다. 인생에서 고민이 끝나는 때란 죽음 앞에 서 있을 때뿐이다. 우리는 누구나 이런저런 고민 속에서 살아간다. 그러니 어쩌겠는가. 담담히 받아들이는 수밖에.

"냇물에서 돌들을 치워버리면 냇물은 노래를 잃는다"는 서양 속담이 있다. 냇물 사이사이 박혀 있는 돌들은 얼핏 물의 흐름을 방해하는 쓸모없는 존재로 보이지만, 사실은 냇물이 노래하며 흘러가게 도와준다. 돌들이 없다면 냇물은 그저 길 따라 흐르기만 할 뿐, 아름다운 소리를 들려줄 수는 없을 것이다. 우리 인생도 마찬가지다. 얼핏 쓸모없어 보이지만 중요한 역할을 하는 것들이 많다. 우리가 그 가치를 알아보지 못하고 그냥 지나쳐버릴 뿐이다.

직업을 잃고, 사람을 잃고, 그래서 자신감도 잃어버리는 중년이라는 나이. 그 중년이라는 이름 앞에서 겪는 상실은 중년이기에 더 아프다. 하지만 기억해야 한다. 상실 경험은 우리에게 인생의 소중한 가치가 무엇인지 알려주는 아픈 회초리라는 사실을.

한결같은 감정의 온도를
유지한다는 것

> 감정에 휘둘리지 않는 연습은 내 감정의 파도를 잠재우고
> 주어진 미래를 냉철하게 설계할 수 있게 도와준다.

네모난 사무실에 앉아 네모난 모니터를 보며 하루 종일 일을 한다. 퇴근 시간이 되면 네모난 버스와 지하철을 타고 네모난 아파트로 돌아와 네모난 침대에서 잠을 잔다. 네모난 휴대전화를 들여다보느라 주변을 둘러볼 겨를이 없고, 네모난 서류를 만드느라 창의적인 사고를 할 여유가 없다. 우리 모두 네모난 세상에 갇혀 산다고 해도 틀린 말이 아니다. 그래서일까. 오도 가도 못하는 꽉 막힌 도로변과 같은 현실을 살아가는 우리는 작은 일에도 쉽게 화를 내고 짜증을 부린다. 내가 원하는 방식으로 움직여주지 않는 사람들에게 서운한 마음이 들고 그들이 원망스럽기까지 하다.

그렇다고 우리가 언제나 화만 내는 건 아니다. 작은 일에도 행복을 느끼며 미소 짓는 일도 많다. 사람들이 행복하다거나 불행하다고 말하는 건 실제로 삶 전체가 그래서가 아니라, 지금 자신이 느끼는 감정을 가리키는 것이다. 내가 행복하다고 느낄 때 행복하다고 말하고, 불행하다고 느낄 때 불행하다고 말한다. 감정은 이처럼 원래 가지고 있는 것이 아니라 내가 지

금 느끼고 있는 것에 지나지 않는다.

현대인들은 순간순간 느끼는 충동적이고 즉흥적인 감정에 스스로를 맡길 때가 많다. 순간적인 감정에 스스로가 휘둘리도록 내버려두는 것이다. 나이 들어 느끼는 무력감이나 혼란스러움도 사실은 내가 실제로 그래서가 아니라 내가 지금 느끼는 순간적인 감정일 수 있다. 좌절감도 마찬가지다. 내가 실제로 좌절감을 느낄 상황에 처해 있어서가 아니라, 스스로를 좌절감이라는 감정의 구덩이에 깊이 밀어 넣어 만들어진 감정일 수 있다.

이렇게 감정에 휘둘리다 보면 자신의 본질이나 객관적인 현실을 제대로 보지 못한다. 마음의 괴로움이나 현실의 어려움을 실제보다 더 크고 과장되게 느끼면서 좌절감에 시달리기 때문이다. 이럴 때는 자신이 느끼는 감정과 조금 거리를 두면서 '내가 이런 감정을 느끼고 있구나.' 하며 자신을 객관화하는 연습이 필요하다. 자신을 객관적으로 보면 생각했던 것 이상으로 자신이 열심히 살고 있고 잘 해내고 있음을 깨닫는다.

남자들은 나이가 들면서 점점 연약해진다. 그러면서 자기 감정에 충실해진다. 감정을 쉽게 드러내고 거기에 잘 휘둘린다는 뜻이다. 맑은 하늘처럼 넓고 높은 마음으로 벅차오르다가도 중년의 한계 앞에서 금세 짜증스러워하기도 한다. 바로 그 순간, 내가 느끼는 감정으로부터 나를 분리시키는 연습을 해야 한다.

나는 매일매일 나 자신과 나의 감정을 분리하는 연습을 한다. 지금 느끼는 감정보다는 내 마음속에 담긴 생각들 쪽으로 마음의 시선을 옮기려고 노력한다. 그러고 나면 조금이나마 마음이 안정되고 감정의 온도가 일정해지는 것을 느낀다. 감정에 휘둘리지 않는 연습은 내 감정의 파도를 잠재우고 주어진 미래를 냉철하게 설계할 수 있게 도와준다.

감정의 온도가 일정해진다는 건 큰 기복이 없는 한결같은 모습을 유지한다는 뜻이다. 다른 사람이 나를 한결같은 태도로 대해주기를 바라듯, 스스로에게도 한결같은 태도를 보여주어야 한다. 또한 어떤 상황에서든 스스로 세운 계획과 결심을 지키기 위해 한결같은 마음으로 꾸준히 노력해야 한다.

무덤새가 새끼를 부화하는 둥지를 보면 한결같음이 얼마나 중요한지 알 수 있다. 거대한 나무 잎사귀 둥지 속에서 무덤새 암컷이 알을 낳기 위해 자리를 잡고 있으면, 둥지 밖에선 수컷이 둥지의 온도를 일정하게 유지하고자 잎사귀를 부지런히 덮거나 치우는 일을 반복한다. 수컷의 헌신적인 노력 덕분에 암컷은 33도라는 최적의 온도를 한 치의 오차도 없이 유지하는 둥지에서 알을 낳는다.

한결같은 마음을 실천하며 살아갈 때 인생은 더 풍성해지고 행복해진다. 어떤 바람이 불어와도 평정심을 유지하며 자신의 페이스를 유지할 수 있기 때문이다. 작은 바람에도 이리저리 흔들리며 안절부절 못하는 삶은 그 자체로 불안과 불면의 시간을 가져온다. 이 사실을 모르는 사람은 없다. 그런데도 우리는 왜 한결같지 못할까. 왜 감정에 휘둘리며 중심을 잡지 못할까. 바로 마음의 욕심 때문이다. 순간순간 마음속에서 일렁이는 욕심에 자신을 내어주기 때문이다.

세상에서 가장 붐비는 감옥이 있다고 한다. 그곳에서는 모든 것이 항상 부족하고 한 번 들어가면 웬만해선 빠져나올 수도 없다. 탈옥도 불가능해서 들어간 사람들 대부분은 그곳을 자신의 무덤으로 삼는다고 한다. 바로 '욕심'이라는 감옥이다.

사람들은 끊임없이 더 크고 아름다운 것, 더 빠르고 간편한 것을 원한다. '단 하나만 더 가지면 된다'고 말하지만 '하나 더'는 거기에서 그치지 않고 또 다른 '하나 더'로 한없이 이어진다. 하나를 바라는 마음이 거대한 탐욕이 되는 것이다. 주어진 자리에 만족하면 행복한데 '조금만 더' '하나만 더' 갖겠다는 욕심을 부리고, 결국엔 만족할 줄 모르는 사람이 되고 만다. 욕심을 '욕된 마음'이라고 부르는 이유다.

백만장자로 유명했던 록펠러John Davison Rockefeller가 세상을 떠

다르게 살아도, 어떤 모습이어도

낳을 때 사람들이 회계 담당 직원에게 물었다.

"록펠러 씨는 얼마를 남기고 가셨나요?"

직원이 답했다.

"가진 것 모두 두고 가셨습니다."

인류 역사에 길이 남을 거부도 세상을 떠날 때는 동전 한 닢도 가져가지 못했다. 그런데도 사람들은 남에게 베풀기보다는 무덤까지 가지고 갈 것처럼 물욕을 채우고 또 채운다.

2인 가족의 한 달 노후생활비가 약 242만 원(2018년 기준)이라는 조사 결과가 있었다. 이것도 모자라다고 말하는 사람들이 많다. 반면 지리산에 사는 한 시인은 한 달에 30만 원이면 밥 먹고 시 쓰며 사는 데 어려움이 없다고 했다. 산에서 딴 찻잎으로 차를 달여 마시고 아름다운 지리산 풍경을 보는 것은 덤이라고 했다. 남들 눈에는 가난해 보일지 몰라도 내 눈에는 진정한 부자로 보였다.

물론 모두가 그렇게 단출하게 살아갈 수는 없다. 하지만 욕심을 조금 줄이는 건 가능하지 않을까. 앞으로도 계속 더 많이 갖겠다는 생각보다 지금까지 내가 경험한 것들에 대해 감사한 마음부터 가져보자. 내가 어려웠던 시절을 생각하며 주변에 있는 어려운 사람들도 살펴주자. 외롭고 힘들 때는 누군가 손 한 번만 잡아줘도 다시 열심히 살고 싶은 희망이 솟아난다.

욕심은 마음의 감옥이고, 감정 소모의 원천이다. 욕심을 버리면 마음이 평온해진다. 자신을 피곤하게 했던 감정의 기복도 사라지고, 작은 것이 주는 소중함이 마음 가득 느껴진다. 평정심으로 사람과 세상을 바라보니 나를 괴롭힐 일도, 주위 사람에게 스트레스를 줄 일도 받을 일도 없다. 체온을 일정하게 유지하는 게 건강의 척도이듯 감정의 온도를 일정하게 유지하는 건 정신건강의 척도다. 지금 당신의 감정 온도는 몇 도인가.

다르게 살아도, 어떤 모습이어도

상처를 치유하는
여섯 가지 명약

'고맙다'는 말 한마디에 담긴
치유의 힘

'고맙다'는 한마디는 아무것도 아닌 말 같지만
세상에서 가장 효과가 큰 약이다.

얼마 전 40대 후반의 중년 남성 C와 대화를 나눴다. 그는 일에 파묻혀 열정적인 30~40대를 보냈다고 했다. 동료들보다 빠르게 승진했고 남들이 부러워하는 글로벌 기업으로 스카우트되기도 했다.

"그런데도 전 행복하지 않아요. 많은 돈을 벌고 높은 자리에 오르면 행복해지고 자존감도 높아질 줄 알았는데 그렇지가 않습니다. 저는 가족을 위해 하루하루 힘들게 일하는데, 가족에게 진심어린 말을 들어본 적이 없어요. 아무도 저에게 '고맙다'고 말하지 않습니다. 물론 제가 그런 인사를 받자고 이렇게 사는 건 아니지만, 그래도 가끔 한없이 서러워질 때가 있어요."

그는 흔히 말하는 기러기아빠였다. 월급 대부분을 아내와 함께 미국으로 유학 간 자녀의 교육비와 생활비로 부쳐야 했다. 쓸 수 있는 돈이 거의 남지 않다 보니 자신만의 소소한 행복을 위한 취미를 가지기도 어려웠다. 그의 일상은 오로지 집과 회사, 그것뿐이었다. 그는 자신의 인생을 후회한다고 말했다.

"아무리 많이 벌어도 모자라다는 느낌이 들어요. 밑 빠진 독에 끊임없이 물을 붓는 기분이랄까요. 지금도 버는 돈 대부분을 미국으로 부치고 있는데 아내는 더 많이 보내달라고 합니다. 그 말을 할 때만 전화하는 것 같아 씁쓸한 기분이 들어요. 저는 마치 돈 버는 기계가 된 것 같아요. 아내와 아이들은 더 유대 깊은 가족이 되어가는 것 같은데, 저만 그들 밖에서 빙빙 돌고 있는 기분이에요. 제 몸을 보살필 여유도 없습니다. 감기가 들어도 병원에 가거나 하루 쉬기도 불안해요. 누군가 저를 밀어내고 제 자리를 차지하지 않을까 싶어서요."

C는 몸이 아픈 것도 걱정이지만 마음이 허전하고 텅 빈 것이 더 걱정이라고 했다.

"요즘은 마음이 허해 무엇으로도 채워지지가 않습니다. 식구들이 걱정할까 봐 아프다는 말을 입 밖으로 꺼내기도 어려워요. 솔직히 말하면 나약한 패배자, 무능한 가장이라는 소리를 들을까 봐 겁이 나는지도 모르겠어요. 어쩔 수 없이 속으로 신음을 삼키며 고통을 참습니다."

C의 눈시울이 붉게 젖어들었다. 50의 나이를 이미 거쳐온 내 경험상 50을 눈앞에 둔 중년 남자가 속내를 진솔하게 고백하기란 결코 쉽지 않다. 그런데도 그토록 절절이 속내를 드러내는 건 그만큼 힘들다는 뜻이자 문제를 해결하고 싶다는 간절한 마음의 표현이기도 했다. 그는 공허함이 가득 찬 눈빛으로 말

을 이어갔다.

"얼마 전에는 황당한 일을 겪었습니다. 몇 년 만에 집에 일찍 들어갔는데 마치 남의 집에 들어간 것처럼 낯설더라고요. 기분이 너무 이상해서 평소에는 보지도 않는 텔레비전을 켰는데, 연예인 몇몇이 홍콩으로 여행 가는 프로그램이 나오더군요. 처음엔 마음이 맞지 않아 계속 티격태격하던 연예인들이 어느새 한자리에 앉아 서로의 피곤함을 위로해주며 함께 밥을 먹는 거예요. 깔깔거리며 서로에게 음식을 덜어주는 모습을 보면서 저도 덩달아 큰 소리로 웃었습니다. 정말 오랜만에 소리 내서 웃어보는 거였어요."

그는 갑자기 말을 멈추었다. 자신의 마음을 추스르는 모습이 안쓰러웠다.

"깔깔거리며 웃다가 문득 이런 생각이 들더라고요. 잘 모르는 사람들도 저렇게 모여 같이 밥을 먹는데, 나는 가족이 있는데도 같이 밥 먹을 사람이 없구나…. 갑자기 저도 모르게 눈물이 주르륵 흘렀어요. 한참을 울었습니다. 그렇게 소리 내어 엉엉 운 건 어렸을 때 빼고 처음일 거예요. 울고 나니 어지럽게 뒤엉킨 실타래를 조금 풀어낸 것처럼 마음이 풀리더군요. 십 몇 년 만에 꿈 한 번 꾸지 않고 잤습니다. 저는 왜 이렇게 삶이 고통스러울까요? 저에게 정신적인 문제가 있는 걸까요? 남들은 멀쩡하게 잘만 살아가는데 왜 저만 이럴까요?"

나는 그의 축 처진 어깨를 바라보며 무겁게 입을 뗐다.

"세상 사람들 모두가 저마다 자신만의 괴로움과 삶의 무게를 진 채로 살아갑니다. 겉으로 완벽해 보일수록 더 큰 상처를 숨기고 살아갑니다. 세상에 상처 하나 없이 완벽한 영혼이 어디 있겠어요. 누구나 서로 다른 이유로 상처를 안고 삐걱거리는 삶을 살아가는 거지요. 그러니 선생님에게 무슨 문제가 있어 이렇게 삶이 고달프게 느껴지는 건 아닙니다."

그렇다. 세상에 상처 없는 사람은 없다. 그리고 그 상처를 대하는 방법 또한 사람마다 다르다. 어떤 사람은 상처 입은 자신을 괴롭히며 상처 속에 처박혀 밖으로 나오지 않으려 한다. 상처를 보호막처럼 두르고 타인과 세상으로부터 자신을 단절시켜버린다. 다른 누구도 아닌 자신이 스스로에게 상처를 주는 가해자가 되어버리는 것이다. 반면 상처를 응시하고 아픈 자신을 보듬어주려 노력하는 사람들도 있다. 상처 입은 자신을 있는 그대로 인정하고 더 성장할 수 있는 계기로 삼는 것이다. 이들에게 상처는 회피하거나 거부해야 하는 부정적인 시한폭탄이 아니라 삶의 소중함을 깨닫게 해주는 귀한 선물이 된다.

대화를 나누고 얼마가 지나 C에게서 전화가 왔다. 다음 주에 방학을 맞아 가족 모두 한국으로 온다는 소식을 전하는 그의

다르게 살아도, 어떤 모습이어도

목소리가 한결 가벼웠다.

"어쩌면 다른 누구도 아닌 저 자신이 저에게 가장 큰 상처를 주었던 것 같습니다. 어느 순간부터 저를 위로해주기보다는 회피하고 더 큰 상처 속에 밀어 넣기에만 급급했던 것 같아요. 사실 서울에서 함께 지낼 때도 살림과 교육은 아내에게 미루고 저는 돈만 벌면 된다고 생각했거든요. 아내와 아이들을 외국으로 보낼 때도 제가 떠밀다시피 했으면서도 가족이 저를 버리고 간 것처럼 생각했죠. 며칠 전 아내가 멀리서도 자신들을 지켜주고 아껴줘서 고맙다고 말하더군요. '고맙다'는 그 한마디에 모든 아픔과 외로움이 한순간에 녹아내렸어요."

중년이 되면 아파도 아프다는 말을 쉽게 할 수 없다. 나이만큼 생각도 많아지고 책임져야 할 일도 많기 때문이다. 무거운 인생의 짐을 내려놓으면 큰일 날 것 같은 생각에 아픔을 견디며 하루하루를 버텨간다. 아플 수도 없는 중년들은 감기에 걸린 사람들과도 같다. 감기에 걸리면 몸에 열이 오르내리고 어디랄 것 없이 쑤시고 아프다. 감기에 걸렸다고 입원할 수도 없고 병가를 내기도 민망하다. 아픈 몸을 이끌고 오늘도 주어진 일을 묵묵히 열심히 해낼 따름이다.

아프다는 건 열심히 살아왔다는 증거다. 매 순간을 허투루 보내지 않고 자신이 아닌 사랑하는 사람들을 위해 온몸을 바쳐

희생해왔다는 뜻이다. 나는 몸살을 앓는 중년들에게 "감기 걸리세요~"라는 인사말과 함께, 감기는 '감사'와 '기쁨'의 줄임말이라고 덧붙이곤 한다. 아파도 쉬기는커녕 아프다고 쉽게 말할 수조차 없는 중년들에게 감사와 기쁨이라는 명약을 전해주고 싶은 마음에서다.

중년이 될수록 주변 사람들에게 감사하고 고맙다는 말을 자주 해야 한다. 자녀에게는 내가 고생해서 너희들이 편하게 살 수 있었다고 생색내기보다는, 태어나줘서 고맙고 잘 자라줘서 고맙다고 표현해야 한다. 직장 동료에게는 당신들처럼 좋은 사람과 함께해서 행복하고 맡은 일들을 잘 감당해줘서 고맙다고 말해야 한다. '고맙다'는 한마디는 아무것도 아닌 말 같지만 세상에서 가장 효과가 큰 약이다. 늘 곁에 있어서 그 존재가 얼마나 큰지 잘 모르고 살아가는 사람들. 부모님, 형제자매, 아내, 아들딸들, 친구, 동료와 후배들에게 '고맙다'는 말을 해주자. 처음에는 부끄러울지 모르지만 하다 보면 어쩐지 내 마음까지 따뜻해짐을 느낄 것이다. 진심에서 우러나는 '고맙다'는 말 한마디에는 더 고마운 일들을 불러일으키는 나비효과가 있다.

다르게 살아도, 어떤 모습이어도

당신에게 건네는 위로,
나에게 건네는 격려

> 마음이 주체할 길 없는 혼란에서 헤어나오지 못할 때 가장 필요한 것은
> '사랑한다'는 위로의 말 한마디다.

"나보다 나이도 어린 게 얻다 대고 잘난 척이야!"

누구나 한 번쯤 이런 말을 내뱉어본 적이 있을 것이다. 그럴 용기가 없다면 생각이라도 해봤을 것이다. 사회적 위치가 불안해질수록 자존심과 고집은 단단해진다. 특히 체면문화와 나이 집착증은 한국 남성들이 안고 있는 불치병이다. 다른 사람에게 밀리거나 자신이 초라하게 느껴지는 순간, 어김없이 '나이도 어린 게'라는 생각이 치밀어 오른다. 하지만 얼마나 우스운 일인가. 나이 운운하는 건 나이와 체면 말고는 내세울 게 없다는 반증이기도 하다. 왜 자신을 그토록 보잘것없는 존재로 만들어 버리는가.

자녀나 배우자와의 관계에서도 나이와 체면을 따지는 일이 많다. 중년 남성이라면 누구나 한 번쯤 아이들 방문 앞을 서성이다가 뒤돌아선 경험이 있을 것이다. 괜스레 다정하게 구는 것 같아 겸연쩍고 어떤 말을 해야 할지 막막하기만 하다. 다정한 말을 건넸다가 퉁명스런 대답이 돌아오거나 대꾸조차 없으면 어떻게 하나 두려운 마음도 든다. 그냥 살아가는 이야기 몇

마디 나누고 서로 위로해주면 되는데, 거절당할까 봐 방문을 두드리기조차 겁이 나는 것이다.

20년 넘게 한 직장을 다닌 50세 M은 요즘 들어 '왜 이렇게 살아왔을까?' 자문한다고 했다. 성공적인 삶을 살았다고 자부했는데 지금 자신에게 남은 게 하나도 없다는 생각을 떨칠 수 없다고 했다. 자신의 마음을 어루만지고 위로해줄 사람이 없어 힘들다는 하소연이었다. 게다가 한 달 전 서른 중반의 직원이 상무로 승진하는 것을 보니 살맛이 나지 않는다고 했다.

"제가 이 자리에 오기까지 20년이 넘게 걸렸습니다. 사람들이 끊임없이 드나드는 문간 자리에서 잔심부름하며 여기까지 올라왔죠. 그런데 한 달 전, 저보다 직급이 낮았던 직원이 상무 자리를 차지했어요. 제 것일 수도 있었던 자리를 뺏겼다는 상실감 때문에 너무 괴롭습니다. 저보다 스무 살 가까이 어린 사람을, 그것도 능력조차 검증되지 않은 사람을 상사로 모셔야 한다는 것도 힘들고요. 회사에서 그만 나가라는 뜻인가 싶어 초조한 마음에 무력감까지 듭니다."

M은 상사 문제 말고도 또 다른 고민이 있었다. 대화가 되지 않는 아들과의 관계였다. 어쩌면 그에게는 풀리지 않는 아들과의 관계가 더 큰 문제인지도 몰랐다.

"얼마 전 아들놈이 전역을 했습니다. 그때부터 방에서 나

　다르게 살아도, 어떤 모습이어도

오지도 않고 얼굴 보기도 힘들더군요. 취직 공부를 하는 건지, 게임을 하는 건지 답답할 지경입니다. '우리 때는 안 그랬는데' 하는 생각이 들다가도 아이들을 이해해야 한다는 아내 말을 들으면 그런가 보다 싶고…. 아들과 얼굴 맞대고 얘기를 나눠본 지도 몇 년이 지난 것 같습니다. 며칠 전에 문득 남자 대 남자로 얘기해봐야겠다는 생각이 들어 아들 방문 앞에서 한참을 서성였습니다. 두드리고 들어가 볼까, 아니면 그냥 돌아설까. 들어가면 나를 반겨줄까, 아니면 본 체 만 체할까…. 쉽게 방문을 두드리지 못하니까 아내가 대신 방문을 두드려주더군요."

M은 한 차례 한숨을 쉬고는 말을 이어갔다.

"손잡이를 돌려보니 방문이 잠겨 있더군요. 잠시 뒤 아들놈이 부스스한 얼굴로 내다보며 무슨 일이냐고 퉁명스럽게 묻는데, 그 모습에 너무 화가 나는 겁니다. 저도 모르게 '취직 공부는 안 하고 잠만 자냐, 그럴 거면 내 집에서 나가라'며 소리를 질렀습니다. 아내가 말리지 않았다면 더 심한 말을 했을지도 모릅니다."

그 길로 아들은 집을 나갔고 M은 며칠 동안 너무 괴로웠다고 했다. 나도 아버지이지만 아들과 얼굴 맞대고 대화하기란 참으로 어렵다. 잘되라고 하는 말이 모두 잔소리가 되기 때문이다. 나는 M의 괴로움이 짐작이 가고도 남았다. 그는 어젯밤에 집으로 돌아온 아들과 대화를 나누었다고 했다.

"제가 먼저 미안하다고 말했습니다. 아들은 취직 공부를 하다가 잠깐 눈을 붙였던 거라고 하더군요. 그러면서 아버지가 원하는 아들이 되어주지 못해서, 아버지만큼 능력 있는 아들이 되지 못해서 죄송하다고…. 그 말을 듣는 순간 마음 한 편이 뻐근하게 아파왔습니다. 아이의 마음을 헤아리지 못하고 젊은 상사에게 뒤틀렸던 마음을 아들에게 표출한 제 자신이 참으로 모자라게 느껴졌어요. 저는 힘들게 살아온 저야말로 위로받아야 하고 위로받을 자격이 있다고 여겼는데 잘못된 생각이었습니다. 정말 위로받아야 할 사람은 제가 아닌 아들이었어요. 좀처럼 취업이 안 되니 얼마나 주눅 들고 괴로웠을까요. 이런 아들의 마음도 몰라준 제 자신이 너무나 부끄럽습니다."

존 듀이John Dewey에 의하면 인간이 가진 가장 큰 본성은 중요한 사람이라고 느끼고 싶은 욕망이라고 한다. 우리는 누구나 남들에게 중요하고 가치 있는 사람으로 인정받고 싶어 한다. 자신이 사랑받고 있음을 아는 사람은 한 조각 빵에도 만족할 수 있다. 하지만 사랑받지 못하는 외로운 사람은 이 세상의 모든 보화를 가져도 마음을 채우지 못한다. 특히 가정은 한 사람의 인생이 펼쳐지는 출발점이자 가장 큰 사랑을 주고받는 공간

다르게 살아도, 어떤 모습이어도

이다. 가정에서 주고받는 사랑과 위로야말로 험난한 인생을 버
텨낼 수 있는 가장 큰 힘이다.

우리 인생에 힘들고 어려운 순간은 언제든, 반드시 찾아온
다. 직장에서 밀려날 수도 있고 건강이 무너질 수도 있다. 사
랑하는 사람을 잃을 수도 있고 나의 삶이 끝장났다는 생각에
절망할 수도 있다. 마음이 주체할 길 없는 혼란에서 헤어나오
지 못할 때 가장 필요한 것은 '사랑한다'는 위로의 말 한마디
다. 특히 사랑하는 가족이 어깨를 두드리며 전하는 '사랑한다'
는 말에는 '열심히 살았으니 괜찮다'는 격려의 의미가 담겨 있
다. 위로는 힘든 세상을 가뿐하게 이겨낼 수 있는 힘을 준다.
이제껏 열심히 잘 살아왔다고 토닥토닥 마음을 어루만지고
힘을 북돋는 위로의 말은 이 거친 세상에 '내 편'이 있다는 든
든함을 준다.

지금 곁에 있는 이들에게 '사랑한다'고 말해보자. 같은 지붕
아래에서 함께 살아가는 가족에게 사랑과 위로의 말을 건네주
자. 오늘 나의 실수로 누군가에게 아픔을 주었다면 사랑의 말
한마디로 그들의 상처 난 가슴을 치유해주자. 오늘 누군가 감
당하기 어려운 일로 고통받고 있다면 위로의 말 한마디로 고통
을 어루만져주자. 사랑과 위로의 말은 그 말을 듣는 사람이 안
고 있는 상처와 고통을 치유해줄 뿐만 아니라, 그 말을 하는 사

람의 마음을 기쁨과 행복으로 출렁이게 한다.

위로와 격려의 한마디를 꼭 타인에게만 건넬 필요는 없다. 내 스스로에게 건네는 위로와 감사의 표현도 큰 힘이 된다. 나는 요즘 들어 나 자신과 많은 대화를 한다. 나에게 말을 걸고 대답하는 식이다. '자기대화'는 나의 감정만 생각하거나 감정의 늪에 빠지지 않게 한다. 매순간 흔들리는 마음을 직시하면서 내 스스로에게 손을 내밀어 다잡아준다. 나는 주위에 사람이 있건 없건 흔들리는 나 자신을 다잡고 바로 세우고 싶을 때 자기대화를 하곤 한다. 주로 위로와 격려를 건넨다. 오늘도 나에게 "오늘 하루 잘 지내줘서 고맙다"고 말해주었다. 나를 위로하느라 타인을 소홀하게 여길 때면 "나만큼 타인도 소중하다"고 말해주기도 한다.

우리는 나이가 들수록 자신을 위로할 가치가 있는 존재로 대하기보다는 무기력하고 무능력한 존재로 단정 짓곤 한다. 이제껏 해온 것보다 하지 못한 것에, 지금 가진 것보다 가지지 못한 것에 집착하면서 자신을 실패자로 낙인찍는 것이다. 이렇게 자신을 실패자로 규정하는 순간, 아무리 열심히 살아왔고 많은 성공을 거두었다고 해도 실패자가 되고 만다. '나는 실패한 사람'이라는 부정적인 말 한마디가 자신을 진짜 실패자로 만들어버리는 것이다. 이제부터는 자신을 위로와 격려받을 가치가 있

다르게 살아도, 어떤 모습이어도

는 존재로 대해주자.

"의수야, 너 참 많이 수고했고 열심히 살아줘서 고맙다.

항상 최선을 다하는 네 모습에 박수를 쳐주고 싶다.

누가 뭐래도 너는 멋있는 인생을 살아가고 있어!"

진실된 눈물은
고통을 잠재운다

마음에서 흘러나온 눈물은 흘리는 사람의 생각과 감정을
깨끗이 정화하고 진실된 마음을 품게 한다.

내가 진행하는 아버지 교육 프로그램에서 한 아버지의 눈물에
깊은 감명을 받은 적이 있다. 40대 후반의 K는 병환으로 오래
누워 계시던 아버지가 몇 달 전에 돌아가셨다며, 아버지 생전
에 사랑한다는 말 한마디 건네지 못한 걸 크게 후회했다.

"아버지는 제가 10대였을 때 저와 어머니를 버리고 집을 나
갔습니다. 자아를 찾아야겠다는 말씀을 남기고 당당하게 집을
나서는 모습을 본 순간부터 저는 아버지를 미워했어요. 아버지
없이 10대를 보내면서 이를 악물고 공부에 매달렸죠. 제 뒷바
라지하느라 어머니는 갖은 고생을 했고, 덕분에 전 남들이 부
러워하는 대학을 졸업하고 대기업에 취직했습니다. '아버지처
럼 살지 말자'가 제 좌우명일 정도로 저는 아버지와 다른 삶을
살려고 평생을 노력했어요. 자아를 찾는다는 핑계로 가족을 소
홀히 한 적도 없고, 아내의 의견을 무시하고 독단적으로 집안
일을 결정한 적도 없습니다. 아이들에게도 아버지라는 존재가
느껴지도록 물심양면 애를 썼어요. 그러다 10년 전 어머니가
갑자기 돌아가셨습니다. 어머니는 아버지를 미워하지 말라는

유언을 남기셨지만, 어머니마저 돌아가시니까 아버지가 더 미워지더군요."

K는 여전히 회한이 남아 있는 듯 깊은 한숨을 내쉬었다. 그러다 목에 걸려 있던 가시를 뱉어내듯 힘겹게 말을 이어갔다.

"3년 전쯤 아버지가 집으로 돌아왔습니다. 큰 병을 얻어 형편없는 몰골로 말이죠. 저는 아버지를 집으로 들이지 않았어요. '당신은 내 아버지가 아니야!' 소리치면서 쫓아냈죠. 다음 날 퇴근해서 돌아오니 아버지가 저녁 식사를 하고 있더군요. 아내가 아버지를 모시고 온 거예요. 부아가 치밀고 속이 뒤집혔지만 병색이 완연한 아버지를 보니 말문이 막히더군요. 나중에 말씀하시기를 아버지는 집을 나가자마자 병이 났고, 돌아오고 싶었지만 면목이 없어 아픈 몸으로 전국을 떠돌았다고 합니다. 한 번씩 집에 와봤지만, 단란하게 살아가는 모습을 훼방 놓지 말아야겠다는 생각에 발걸음을 돌렸다고 하더군요. 아버지는 돌이킬 수 없는 실수로 평생을 후회하며 살아왔다면서 저에게 '미안하다'고 했습니다."

나는 K의 이야기를 경청하면서 아무 말도 할 수가 없었다. 내가 그의 입장이었어도 아버지에 대한 원망이 사무쳤을 것 같았으니 말이다.

"아버지와 몇 달 같이 지내면서 제 마음속에 대못처럼 박혀

다르게 살아도, 어떤 모습이어도

영원히 사라지지 않을 것 같았던 원망의 마음이 조금씩 녹아 내렸습니다. 그게 참 웃기는 거더라고요. 그렇게 미워했던 아버지였는데 얼굴 맞대고 지내다 보니 그런 마음이 사라져버리는 거예요. 물론 저는 그런 감정을 들키지 않으려고 했어요. 아버지를 사랑하는 마음도 있었지만, 쉽게 용서해서는 안 된다는 기분이 들었으니까요."

잠시 말을 멈춘 K의 눈시울이 붉어졌다.

"아버지와 함께한 시간은 길지 않았어요. 이미 병든 몸이라 시간이 많지 않았죠. 돌아가시기 전날 아버지는 제 손을 힘없이 잡으며 '사랑한다'고 했습니다. 저는 무슨 말을 해야 할지 몰라 그저 우두커니 서 있었어요. 그때 저도 사랑한다고 말했어야 했는데 그러지 못한 게 지금도 뼈저리게 후회됩니다. 세상에서 가장 큰 위로가 필요한 사람은 아버지 없이 험한 세상을 헤쳐가야 했던 저 자신이라고 생각했는데, 알고 보니 아버지도 그랬던 거예요."

그는 눈물 흘리지 않는 강인한 모습이라야 아버지 없이 험난한 세상을 헤쳐갈 수 있다고 믿으며 살았다. 어머니 임종 때 말고는 단 한 번도 눈물을 흘리지 않고 살았다. 하지만 마음은 그렇게 단단하지 않았다. 상처를 표현하지 않고 속으로만 삼키며 살았기에 그의 마음은 더 큰 고통의 신음소리를 내며 아파하고 있었다.

자신의 심정을 눈물로 고백하는 그는 한없이 고통스러워하고 있었다. 하지만 그 눈물이 그치고 감정을 추스르는 날, 그는 이제 조금은 가벼운 마음으로 살아가게 될 것이다. 아버지를 잃은 슬픔의 눈물이자 아버지의 사랑을 일찍 깨닫지 못했다는 후회의 눈물이 그를 치유할 것이기 때문이다.

거짓말과 진실된 말이 있듯, 눈물에도 거짓 눈물과 진실된 눈물이 있다. 거짓 눈물에는 상대의 마음을 허물어뜨림으로써 상대를 자신의 뜻대로 움직이려는 의도가 깔려 있다. 반면 진실된 눈물은 마음 깊은 곳에서 흘러나온다. 마음에서 흘러나온 눈물은 흘리는 사람의 생각과 감정을 깨끗이 정화하고 진실된 마음을 품게 한다. 자신의 잘못을 참회하며 눈물을 흘리는 사람이 진실된 사람으로 여겨지는 이유다. 뿐만 아니라 눈물은 보는 사람의 마음도 순화하고 감동케 한다. 눈물을 통해 진실된 마음이 상대에게 가감 없이 전달되기 때문일 것이다.

눈물은 슬플 때도 흘러내리지만 기쁘거나 화가 날 때도 흘러내린다. 세상을 살다 보면 다양한 눈물과 만난다. 미워하는 마음을 주체할 길 없어 흐르는 눈물도 있고 서러움에 복받쳐 흐르는 눈물도 있다. 사랑하는 사람을 그리워하는 마음에 흐르는 눈물이 있는가 하면, 미처 발견하지 못했던 사랑을 뒤늦게

다르게 살아도, 어떤 모습이어도

깨닫고 흐르는 눈물도 있다.

눈물을 흘리는 이유에 따라 그 화학적 성분이 달라진다는 사실도 밝혀졌다. 가령 슬픈 영화를 보고 흘리는 '정서적 눈물'과 양파나 마늘 향 때문에 흘리는 '자극적 눈물'의 성분이 다르다는 것이다. 정서적 눈물에 훨씬 많은 단백질이 함유되어 있다는 연구 결과를 보면, 마음을 움직이는 눈물의 힘이 얼마나 대단한지 알 수 있다.

'카타르시스katharsis'라는 말이 있다. 고대 그리스 철학자 아리스토텔레스Aristoteles가 연극을 보면서 썼던 말로, 비극을 보면서 '눈물을 흘리고 나면' 불안과 긴장감이 해소되면서 마음이 정화되는 상태를 말한다. 이 카타르시스를 안겨주는 눈물은 통계상으로 남성보다 여성들이 4배 넘게 많이 흘린다고 한다. 눈물은 때론 여성이 남성보다 더 나약하다는 증거로 이용되기도 했지만, 실은 여성이 남성보다 더 나약해서가 아니라 감정을 솔직하게 표현하는 능력과 타인의 아픔에 공감하는 능력이 뛰어나서일 것이다.

우리는 흔히 남성의 눈물을 두고 "남자가 왜 그렇게 눈물이 많냐"고 놀리거나 "남자는 울면 안 된다"는 말로 억압한다. 이러한 사회적 편견이 남성의 감정 표현을 억누르고 감추게 만든다. 감정에 무뎌지게 만든다. 남성 또한 울어도 된다. 남성이라고 감정을 못 느끼겠는가. 상처받은 영혼은 흐르는 눈물에 고통의 신음소리를 실어 보낸다. 눈물은 상처와 고통을 견뎌내며 하루하루 깨끗한 마음으로 버틸 수 있게 해준다. 소리 내서 우는 건 나약해서가 아니라 자신의 감정에 솔직하다는 뜻이고, 자신의 감정을 표현할 줄 안다는 징표다. 눈물에는 상처를 치유하는 힘이 있다. 그 훌륭한 감정의 치유제를 마다할 이유가 어디 있겠는가.

다르게 살아도, 어떤 모습이어도

진심 어린 후회가
인생을 리셋한다

진정한 후회는 크나큰 절망에 빠지지 않도록
자신을 토닥이고 격려해준다.

큰딸아이가 대학 졸업생이던 시절, 딸아이는 진로에 대해 깊은
고민에 빠졌다. 공부를 계속 해야 할지, 아니면 현장에서 경험
을 넓혀야 할지 결정을 내리지 못하고 우왕좌왕하고 있었다.

"신입생 때 아빠가 대학생활을 어떻게 하면 좋은지 얘기해
주시곤 했잖아요. 그때 제가 왜 그 말씀에 귀를 기울이지 않았
는지 후회돼요. 그땐 그냥 너무 놀고만 싶어서 어떻게 의미 있
는 대학생활을 할지 생각도 안 했거든요. 그 시간들이 너무 아
까워요."

딸아이는 새로운 인생의 전환점을 앞두고 지나온 삶을 후회
하는 동시에 앞으로 어떻게 살아야 할지 고민하고 있었다. 이
미 이룰 수도 있었지만 이루지 못한 것들, 챙기고 살았어야 하
는데 그러지 못했던 것들에 대해 깊이 후회하고 반성하며 고통
의 터널을 건너고 있었다. 나는 딸아이를 다독이며 말했다.

"지금 와서 돌이켜보면 소중한 것들을 깨닫지 못하고 엉뚱
한 데 시간을 낭비했구나 싶을 거야. 누구나 그렇게 후회하면
서 살아. 그래도 네가 보낸 순간들이 즐거웠다면 그 또한 의미

있는 시간이니 너무 자책하지 마."

그날 딸아이의 이야기는 마치 중년들이 털어놓는 고민 같았다. 중년기는 가정과 일에서 어느 정도 성취를 이루면서 제법 안정되는 시기다. 그래서 제2의 인생을 살고 싶다는 생각을 한다. 잊고 있었던 꿈을 다시 떠올리거나 새로운 일과 사람을 경험하고 싶어진다. 하지만 현실은 내 마음대로 되지 않는다. 지금까지 성취한 것들을 내려놓기가 쉽지 않고, 새로운 일과 사람을 접하기엔 두려움이 엄습한다. 새로운 무언가를 하려면 지나온 삶을 되짚어야 하는데 여태 저지른 실수와 실패를 되새길 용기가 나지 않는다.

나 또한 마흔을 앞두고 많은 고민을 했다. 이것밖에 이루지 못했나, 이렇게 살 수밖에 없었나 후회하며 매일 밤 잠을 못 이룰 정도로 고통스러워했다. 사람들을 만나기 싫었고 하던 일을 반복하는 것도 싫었다. 아침마다 일어나 새로운 하루를 맞이하는 것도 힘들고 하루 일과를 생각만 해도 마음이 무거웠다. 그러던 어느 순간, 내가 남들보다 더 노력한 끝에 많은 것을 이루었다는 우월감에 빠져 있음을 깨달았다. 동시에 지금까지 그래 왔던 것처럼 계속 잘할 수 있을까 하는 불안과 두려움에 사로잡힌 모습도 발견했다.

그런 마음속 진실을 깨닫고 난 뒤, 나는 내 안의 교만과 두려움을 있는 그대로 마주하려 애썼다. 교만은 두려움의 다른 표현에 지나지 않는다. 나는 앞으로 더 나은 사람이 될 수 있을지 고민했고 그러지 못할까 봐 두려웠다. 교만은 그런 두려움이 드러나지 않도록 나를 포장하는 감정적인 껍데기였다. 나의 마음과 삶을 후회하는 과정에서 나는 몇 번이고 뛰쳐나가 도망치고 싶었지만, 그때마다 나 자신을 따뜻하게 안아주었고 내 자신과 깊은 대화를 나누려 노력했다.

그렇게 나와의 외로운 대화를 시작하면서 나는 조금씩 달라지기 시작했다. 내가 최선을 다한 일들은 결과와 상관없이 감사하는 마음으로 받아들였고, 앞으로 하는 일이 어떤 결과로 끝나든 겸허히 인정했다. 일하는 과정 속에서 성실하게 노력한 나를 마주하면서 아무리 노력해도 결과가 나쁠 수 있다는 사실 또한 받아들였다. 결과만을 두고 나를 격려하던 모습에서 이제는 최선을 다하는 모습 자체를 격려하게 된 것이다. 쉰 살이 훌쩍 넘은 지금, 그때 했던 후회들이 뼈가 되고 살이 되었음을 절실히 느낀다.

살아간다는 건 후회할 일들을 쌓아가는 과정의 연속이다. 후회할 일을 가슴 깊숙이 진심으로 후회하기란 쉽지 않다. 잘한 일은 부풀려 자랑하고 싶지만 잘하지 못한 일은 떠올리기조차 불편해한다. 진심으로 후회한다는 건 잘하지 못한 일을 담담히 마주하고 왜 잘하지 못했는지 진솔하게 스스로에게 묻는 일이다. 게으름과 무지로 주어진 일을 허투루 하지는 않았는지, 교만과 자만으로 사람들을 낮추어 대하지 않았는지 스스로에게 묻는 일이다. 회피하고 싶은 일들을 용기 있게 마주하고 진심으로 반성할 때에야 진정한 후회가 가능해진다.

CD 플레이어로 음악을 듣다 보면 매번 똑같은 지점에서 소리가 끊긴다. CD의 그 지점에 스크래치가 나서 그곳에서만 소리가 제대로 재생되지 않는 탓이다. 마찬가지로 우리는 똑같은 일에서 실수를 되풀이하곤 한다. 타고난 성향이나 습성 때문일 수도 있지만, 그보다는 진심 어린 후회의 과정을 거치지 않았기 때문이다. 어떤 부분에서 비슷한 실수를 되풀이한다는 건 그것이 나의 약점이자 부족한 부분이라는 뜻이기도 하다. 약점을 있는 그대로 받아들이되 그것이 왜 실수의 원인이 되는지 점검해보는 과정이 반드시 필요하다.

그런데도 우리는 실수와 실패를 진심으로 후회하지 않으려 한다. 실수를 인정하고 싶지도, 타인에게 자신의 부족함을 드러내고 싶지도 않기 때문이다. 그래서 실수했을 때 자신의 부족함을 외면하거나 그럴싸하게 포장하려 든다. 나 역시 그랬다. 다른 사람의 지적이나 평가에 벌컥 부아부터 났으니까. '내가 왜 그랬는지 알려고 하지도 않고 알지도 못하면서 비난부터 하네. 어떻게 나한테 저럴 수가 있지?' 이런 원망부터 들었다.

하지만 나이가 들고 수없이 많은 실수를 경험하면서 남을 원망하기보다 나의 실수나 부족한 부분을 똑바로 바라보며 후회하는 시간을 가지려 노력한다. 일이 잘못된 것은 나의 실수이지 다른 사람의 지적 탓이 아니기 때문이다. 문제가 있을 때 타인에게 잘못을 돌리기보다 자신에게서 원인을 찾아 해결책을 모색하려 노력하는 것은 성숙한 사람들만 할 수 있는 고귀한 행동이다.

후회는 자신의 본질을 직시하고 문제를 해결하고자 노력하는 행위다. 그런데 자기연민에 빠져 한탄하는 식의 잘못된 후회를 하면 절망과 비참한 마음에서 헤어나지 못한다. 진정한 후회는 자신을 절망으로 밀어 넣고 비참하게 만드는 것이 아니라, 크나큰 절망에 빠지지 않도록 자신을 토닥이고 격려해준다. 문제 한가운데에서 허우적대지 않도록 스스로를 점검하는 안전장치와도 같다.

진심 어린 후회가 가장 필요한 시기는 다름 아닌 중년이다. 20대나 30대는 무너진 인생을 다시 세우고 새롭고 시작할 수 있는 시간이 충분하다. 하지만 40대나 50대 중년에게는 무너진 인생을 처음으로 되돌려 살 수 있는 기회가 거의 주어지지 않는다. 그렇기에 후회를 통한 인생 재점검은 반드시 필요하다. 눈물을 흘리고 가슴을 치며 후회하는 시간만이 인생 리셋하는 전환점이 될 수 있다.

산 정상에 가려면 가파른 산등성이를 오르고, 어두운 골짜기를 지나야 한다. 오아시스를 만나려면 불모의 사막을 건너야 한다. 무지개를 보려면 먼저 비를 맞아야 한다. 예쁜 봄꽃을 맞이하려면 혹독한 겨울을 견뎌야 한다. 아름다움을 보기 위해서는 이처럼 고통과 실패의 시간들을 온몸으로 겪어내야 한다. 내게 주어진 풍요로움을 바람에 꽃잎 날리듯 날려버리지는 않았는지 절실히 후회해야 한다. 어떤 결과를 만드는 데 전념하느라 상처받고 떠나간 사람들은 없는지 제대로 후회해야 한다. 중년에 다다른 인생은 깊은 후회에서 다시 시작된다.

다르게 살아도, 어떤 모습이어도

용서는
칼을 녹인다

내 팔은 겉보기에는 멀쩡한데 책상 같은 곳에 세워보면 활처럼
휘어진다. 이런 문제 때문에 군대에서도 무척 고생을 했다. 선
천적으로 팔의 당기는 힘이 약하다 보니 소대별 체력 측정에서
도 턱걸이를 세 개밖에 못했다. 그 모습이 만만해 보였던 걸까.
체력 측정이 끝난 그날 밤, 내 침상 옆 최 상병이 내게 폭력을
휘두르며 윽박을 질러댔다.

"그딴 체력으로 군생활을 어떻게 하겠나! 넌 매일 밤 팔굽혀
펴기 500회를 실시한다. 알았나!"

매일 밤 팔굽혀펴기 500회는 사람의 힘으로는 불가능한 일
이었지만 나는 이를 악물고 해냈다. 그러나 정작 나를 정말 힘
들게 한 건 육체적 고통이 아니었다. 모멸감이었다. 자존감이
처참하게 무너지면서 나 역시 마땅히 존중받아야 하는 인간이
라고 생각할 수조차 없었다. 내무반의 모든 병사가 내가 당하
는 수모를 알고 있었지만 못 본 척하는 것도 견디기 힘들었다.
계속 맞아가며 팔굽혀펴기 500회를 하고 나면 한 시간이 훌쩍
지났고, 속옷은 땀에 젖어 갈아입지 않으면 잠을 못 잘 정도였

다. 하지만 세면장에 가서 샤워할 수 없는 시간이라 그냥 잘 수밖에 없었다.

그러기를 3주일. 나에게는 악밖에 남지 않았다. 그날도 나는 최 상병에게 아무 이유 없이 구타당하고 있었다.

'그래 때려라. 때릴 수 있을 때까지 때려 봐. 나도 더 이상은 못 참아!'

이런 악에 받친 생각이 스멀스멀 올라왔다. 예전과 같지 않은 내 표정을 본 것일까. 최 상병도 그날은 더 이상 때리지 않았다. 하지만 내 안에 쌓여 있던 증오와 분노는 그날 밤 폭발했다. 불침번 근무를 서던 내가 나도 모르게 대검을 뽑아 들고 그의 머리맡에 선 것이다. 대검을 잡은 손이 부들부들 떨릴 정도로 증오가 온몸을 감쌌다. 그렇게 몇 분을 흘려보내고 나니, 문득 분노에 휩싸여 어쩔 줄 모르는 내 모습이 보이기 시작했다. 정신이 번쩍 들었다. 나는 허겁지겁 대검을 거두었다. 사람을 죽이고 싶다는 마음을 먹다니, 부끄러움이 밀려왔다. 그날 밤 나는 한숨도 자지 못했다. 누군가를 죽이고 싶을 정도로 미워했다는 사실이 괴로웠고, 큰 죄를 지은 것만 같았다. 그런 반성과 고통의 시간 끝에 마침내 나는 결심했다.

'미워하지 말고 사랑하자. 일단 무조건 사랑하고 용서하자.'

그날부터 내가 할 수 있는 방법으로 그를 사랑하고 용서하

다르게 살아도, 어떤 모습이어도

기 시작했다. 그가 시키면 무슨 일이든 웃는 낯으로 순순히 했다. 마음속에서 우러나는 용서와 사랑의 마음으로 한 행동이었다. 그러다 보니 어느새 그를 미워하는 마음이 서서히 녹아내렸고, 그 마음이 하늘에 닿았던 것인지 최 상병의 폭력도 조금씩 줄어들었다.

원한을 품고 누군가를 미워하는 것보다 사랑으로 감싸고 진정으로 용서하는 것이 더 쉽다. 미워하는 마음을 가진 사람은 바로 그 마음 때문에 더 힘들고 고통스럽기 때문이다. 미움을 안고 사는 건 마음에 무거운 돌을 얹고 살아가는 것과 같다. 증오와 원한을 가지고 사는 건 마음에 커다란 못을 박는 것과 같다. 물론 용서는 결코 쉬운 일이 아니다. 받은 상처가 너무 크면 용서라는 단어 자체가 감정적인 사치로 여겨진다. 하지만 용서는 타인이 아닌 나 자신을 위한 것이다.

퇴직을 앞둔 S가 나에게 털어놓은 이야기도 미움과 용서에 대해 생각의 실마리를 던져준다. 그는 요즘 들어 부쩍 아들과 갈등하고 있다고 했다. 아들이 자신을 거부하고 무시한다는 생각에 마음이 편치 않다는 것이다. 최근에는 친척들 모임에서 답답한 마음에 한마디 던진 것이 화근이 되어 심하게 말다툼까지 했다고 한다.

"우리 때는 스무 살만 넘어도 장가가서 애를 낳았는데, 어째서 넌 서른이 넘도록 장가갈 생각을 안 하고 그 모양이냐?"

아들은 크게 화를 내며 대들었다.

"아버지가 내 인생에 무슨 보탬이 되었다고 그런 말씀을 하시는 거죠? 아버지는 상대가 어떤 상처를 받든 늘 아버지 하고 싶은 말씀만 하시죠! 늘 아버지 하고 싶은 대로 하려고 하세요. 이젠 저도 더 이상은 참을 수가 없어요."

사실 그는 아들에게 좋은 아버지가 아니었다. 자신의 아버지가 그랬듯, 아들이 자신의 권위를 인정하기를 원했고 자신의 뜻을 따르도록 강요했다. 그렇게 하는 것이 아들을 위한 최선의 길이라고 여겼다. 자기 덕택에 남들이 부러워하는 대학에 들어가고 원하는 회사에 취직했으면서도 자신의 공로를 인정해주지 않는 것 같다는 생각도 들었다.

"제가 뭘 그렇게 잘못했습니까? 전 그저 아들 녀석 잘되라는 마음으로 한 이야기들이었어요. 아니, 부모가 자식한테 그정도 얘기도 못합니까? 좋은 대학 나와서 좋은 기업에 취직한 게 다 누구 덕인데! 부모덕에 그렇게 잘된 줄 모르고 머리 좀 컸다고 아버지한테 대들다니, 전 도무지 그런 태도를 이해할 수 없습니다."

S는 자신이 지금껏 아들에게 내뱉었던 말들이 아들에게 얼마나 큰 상처가 됐는지 모르고 있었다. 더 안타까운 건 아들과

의 관계에서 자신이 어떤 상처를 받았는지도 모른다는 사실이었다. 끊었던 담배를 최근에 다시 피기 시작했고 줄였던 술도 다시 폭음하기 시작했다는 그는, 대드는 아들을 용서할 수 없다며 분노를 감추지 못했다.

S뿐만이 아니다. 남자들은 대화하는 법뿐만 아니라 사랑을 주고받는 일에도 미숙하다. 용서하고 용서받는 일에는 더더욱 미숙하다. 용서할 줄 모르고 용서받을 수 없는 삶은 가장 불행한 삶이다. 누군가를 용서하거나 용서받으려면 그동안 억눌렸던 감정과 기억을 드러내는 용기가 필요하다. 억눌린 감정은 시간이 지난다고 해서 저절로 사라지지 않는다. 마음속 어둡고 깊은 곳에 뿌리내린 독버섯이 되어 자아를 갉아먹는다. 그러다 휘발유에 불이 붙듯 한순간만 틈이 생겨도 분노라는 무서운 힘으로 터져 나온다.

S의 경우 아들이 자신에게 용서를 구한다고 해서 문제가 해결되지 않는다. 강요된 용서는 진정한 용서가 아니기 때문이다. 더구나 아들이 아버지에게 용서를 구할 일도 없다. S에게 진정으로 필요한 건 아들이 용서를 구하는 것이 아니라, 자신이 아들에게 어떤 상처를 주었고 아들에게 준 상처로 인해 자신이 어떤 상처를 받았는지 깨닫는 일이다. 그런 다음 아들에게 지난날의 욕설과 강요에 대해 진심 어린 용서를 구해야 한

다. 그 마음이 진실되다면 아들도 지난날의 상처를 지우고 아버지를 용서하게 될 것이다.

용서는 상처를 준 가해자가 아닌 상처 입은 피해자만이 할 수 있는 고귀한 행위다. 다시 말해 나에게 상처를 준 상대에게 베푸는 배려의 행위이며, 동시에 상처 입은 나 자신을 위한 가장 큰 위로의 행위다. 타인에게 나의 상처를 내보일 수 있을 만큼 상처와 아픔을 이겨낼 때 진정한 용서가 가능해진다.

메멘토 모리Memento Mori는 '네가 죽는다는 사실을 기억하라'라는 뜻이다. 과거 로마에서 박해받던 초기 그리스도인들이 서로에게 건넨 인사말이라고 한다. 오늘을 삶의 마지막 날이라 생각하며 살면 서로 상처를 준 이들과 화해하고 용서를 구하는 일이 조금은 쉬워진다. 만약 나에게 단 하루가 주어진다면 나는 나에게 상처 준 사람들을 사랑하고 용서할 것이다. 그리고 그보다 먼저 내가 상처 준 사람들에게 용서를 구할 것이다.

"용서는 칼을 녹인다"는 말이 있다. 칼을 녹이는 힘으로 나를 증오와 미움의 지옥에서 벗어나게 해준다. 쉽지 않지만, 그리고 강요할 수도 없지만 자신을 위해서라도 한 번쯤은 용서의 실마리를 잡아보자. 평온한 마음이 선물처럼 주어질 것이다.

다르게 살아도, 어떤 모습이어도

공감 능력이
마음을 부른다

> 상대의 마음을 내 마음속에 담으면 상대의 가슴속 아픔들이
> 내 가슴으로 고스란히 옮겨진다.

중년 남성 J는 가난한 집에서 태어났다. 최선을 다해 공부했고 좋은 대학을 나왔다. 외교관이 되어 국가가 원하는 일들을 최선을 다해 이루어냈다. 국가에서 가라는 곳이면 어디든 갔고 시키는 일은 모두 해냈다. 미국에도 갔고 아프리카 가나, 파푸아뉴기니 섬에도 갔다. 자신에게 역마살이 낀 것 같다는 말을 할 정도였다. 덕분에 고위직에 오를 수 있었고 많은 사람들의 인정도 받았다.

J의 아내는 그런 남편을 위해 헌신적인 삶을 살았다. 남편이 해외로 발령받을 때마다 군말 없이 따라갔다. 치안 문제가 있거나 아이들 교육에 어려움이 있어도 남편 일에 토를 단 적이 없었다. 주말이면 남편 동료와 아내들을 초대해 타국살이의 외로움을 함께 나누었다. 남편이 승승장구 승진할 수 있었던 데는 이렇게 말로 다할 수 없는 아내의 뒷바라지가 있었다. 부부가 서로를 위해 수고하고 노력한 모든 일들은 고스란히 성공이라는 이름으로 되돌아왔다.

몇 달 전 J는 긴 외교관 생활 끝에 퇴직했다. 고단한 타국살

이에 마침내 마침표를 찍고 고국으로 귀국한 것이다. 두 사람은 시골생활을 만끽하고자 서울 근교에 전원주택을 짓고 귀촌생활을 시작했다. 편안하고 여유로운 생활을 꿈꾸던 두 사람. 그러나 그들 앞에는 예상과는 전혀 다른 일상이 놓여 있었다.

J는 아내가 아무리 말해줘도 밥솥을 열거나 청소기 전원을 켜는 일도 하지 못했다. 냉장고에 음식을 잔뜩 넣어두어도 꺼내는 것조차 어려워했다. 아내가 외출이라도 하는 날이면 하루 종일 굶기 일쑤인 남편을 아내는 이해할 수 없었다. 그렇게 용의주도하고 사회에서 인정받던 남편이 갑자기 바보라도 된 것일까.

내가 진행하는 부부 상담 프로그램을 찾은 J 부부는 서로에 대한 불만을 쏟아냈다. 남편은 여태껏 한 번도 해보지 않은 집안일에 대한 고충을 털어놓았다.

"저에게 냉장고 속은 미궁 같습니다. 아무리 들여다봐도 그게 그것 같아서 구별하기가 쉽지 않아요. 반찬을 꺼내 데우는 것만으로도 벌써 지쳐버립니다. 아내가 살림하기 힘들어하는 건 알지만, 저도 새로운 생활에 적응하기가 쉽지 않아요."

아내는 아내대로 남편에게 불만이 많았다.

"외출할 때면 어디에 어떤 음식이 있는지 포스트잇에 그림을 그려 냉장고 문 앞에 붙여놔요. 그런데도 남편은 냉장고 문

다르게 살아도, 어떤 모습이어도

을 열 생각조차 안 해요. 남편이 직장에 다니면 챙겨주겠지만, 이제는 저도 제 일이 있어서 일일이 챙겨줄 수 없어요. 체력도 달려서 남편 뒷바라지하기도 점점 힘들어지고요."

아내는 평생 남편 뒷바라지를 해왔으니 이제는 자신도 편히 쉬고 싶다고 했다. 여태 군말 없이 따라준 자신에게 고마움을 표현할 줄 모르는 남편을 견디기 힘들다고도 했다. 하지만 남편의 생각은 달랐다. 수십 년을 한눈팔지 않고 일했으니 이제는 편히 쉬고 싶은데, 아내가 집안일을 자꾸 강요하는 게 서운했다. 눈만 마주치면 이것 해라, 저것 해라 시키는 통에 집에 있기가 부담스럽다는 것이다. 하지만 무엇보다 화가 나는 건 죽어라 고생하면서 견뎌온 직장생활을 아내가 별것 아닌 것처럼 치부하고, 자신을 천덕꾸러기 취급한다는 점이었다.

부부 중 누구도 먼저 나서서 상대를 이해하려는 사람이 없었다. 자신의 수고가 무시당할까 봐, 상대의 아픔을 감당하지 못할까 봐 두려웠던 것이다. 두려움은 공감을 가로막는 마음속 장벽이다. 사랑이 내 것을 먼저 주어야 상대의 것을 받을 수 있다면, 두려움은 상대의 것을 먼저 받아주어야 내 것도 상대에게 줄 수 있다. 공감하고 수용하려는 마음이 커질수록 서로의 마음속에 도사린 두려움은 작아진다.

나는 두 사람에게 조언했다.

"아내분은 남편분을 이해해야 합니다. 남자들이 퇴직 후 느끼는 소외감과 허탈감은 생각보다 깊어요. 세상에서 밀려난 듯한 느낌이 들거든요. 아무 쓸모없는 사람이 됐다는 생각도 들고요. 남편분도 마찬가지로 아내분 입장을 헤아려야 합니다. 가장이라는 권위 의식을 버리고 집안일을 내 일처럼 여겨야 해요. 사회생활을 하는 남자들에게는 퇴직이 있지만 집안일 하는 여자들에게는 퇴직이 없잖아요. 평생 동안 집안일을 해야 합니다. 그 수고를 생각해보세요. 그러니 남자들도 집안일을 조금씩 익혀나가야 합니다. 두 분 모두 서로의 마음에 귀를 기울이고 이제껏 서로가 해온 수고와 고생에 공감을 표현해주세요."

서로의 이야기에 공감을 표현하는 것은 부부 사이에서 매우 중요한 일이다. 특히 퇴직한 배우자가 있는 부부에게는 더욱 그렇다. 퇴직 전후로 달라진 현실에 적응하기 위해서는 서로의 생각을 진솔하게 드러내야 한다. 대화란 '대'놓고 '화'를 내는 것이라는 우스개가 있다. 제대로 된 대화와, 대화를 통해 서로의 마음에 공감하는 일이 얼마나 힘든지 보여주는 말이다. 우리에게 공감 능력보다 더 경쟁력 있는 능력은 없다. "맞아, 맞아!"라는 맞장구보다 더 강한 효력이 있는 말은 없다.

하지만 나이 들수록 상대의 말에 귀 기울이고 공감해주기가 어려워진다. 나이를 먹은 만큼 나만의 아집과 생각이 자아를

다르게 살아도, 어떤 모습이어도

견고하게 감싸기 때문이다. 그러니 의식적으로라도 남의 말에 귀 기울이고 공감하는 습관을 들여야 한다. '너만 힘드냐? 나도 힘들어'라는 생각은 아무리 가까운 관계라도 서로의 사이를 단절시키는 단초가 된다. 나만 답답하고 힘들다고 생각하면 상대가 힘들어하는 것이 보이지 않는다.

물론 내가 답답하고 힘든 데는 상대가 그렇게 만든 부분도 있을 것이다. 하지만 그보다는 서로에게 마음을 닫아걸고 상대가 전하는 마음의 이야기에 귀를 기울이지 않은 이유가 더 크다. 상대의 마음을 내 마음속에 담으면 상대의 가슴속 아픔들이 내 가슴으로 고스란히 옮겨진다. 동시에 내 가슴속 아픔도 상대의 가슴으로 고스란히 옮겨질 수 있다. "그동안 그런 어려움이 있었구나. 내가 모르고 있었어." "그래, 당신 말이 맞아." "당신은 그런 점이 힘들었구나." 이런 공감은 엉켜 있던 관계를 푸는 마법의 힘을 발휘한다.

얼마 후 나는 다른 모임에서 J 부부를 만났다. 얼굴 쳐다보기조차 불편해하던 이전과 달리 부부는 서로의 얼굴을 바라보며 대화를 나누고 있었다. 그들이 얼마나 많이 노력했는지 짐작이 갔다. 서로에게 공감하며 맞장구치는 모습에서 나는 그들의 중년 이후의 삶이 더 이상 불행하지 않으리라 확신했다.

우리 인생은 잘되는 일보다 안 되는 일들이 더 많다. 그래도 웃고 사는 이유는 안 되는 일에서 느끼는 실망보다 가끔 잘되는 일에서 느끼는 행복이 더 크기 때문이다. 실망할 일이 백 가지 있어도 행복해질 일이 하나라도 있는 사람은 행복한 사람이다. 얼굴만 보아도 내 마음을 알아주고 공감해주는 사람이 있는 것보다 더 큰 행복은 없다. 완벽한 내 편이 있다는 건 삶을 살아가는 커다란 동력이 된다. 그동안 아버지로서 남편으로서 감당해온 수고에 대해 공감받는 것보다 더 행복한 일은 없다. 어머니로서 아내로서 가족을 위한 헌신에 대해 공감받는 것보다 더 행복한 일도 없다.

중년 이후 행복한 인생을 살고 싶다면 경쟁에서 이기는 능력이 아니라 마음과 귀를 열 줄 아는 공감 능력을 키워야 한다. 결과에 대해 환호하거나 비판하기보다는 결과와 상관없이 그동안의 수고와 노력에 대해 공감을 표현해보자. 행복은 상대의 마음에 귀 기울이고, 있는 그대로를 받아들이는 공감에서부터 시작된다.

다르게 살아도, 어떤 모습이어도

버리고 비우는
단순한 삶의 즐거움

물 흐르듯 살아가는
다운시프터의 삶

> 작은 실개천이 순리를 따르며 자연의 일부로 살아가듯이
> 나도 순리대로 단순하게 살고 싶다.

"당신은 앞으로 어떤 인생을 꿈꾸십니까?"

중년 남성들을 대상으로 강의를 할 때면, 나는 항상 이런 질문을 던진다. 그러면 열에 아홉은 같은 대답을 한다.

"도시를 떠나고 싶어요. 조용하고 깨끗한 시골에 살면서 남은 인생을 여유롭게 보내고 싶습니다."

도시에서 나고 자란 사람은 전원생활에 대한 낭만 어린 동경을 품고, 시골에서 나고 자란 사람이라도 노후만큼은 자연에서 안식을 누리고 싶어 한다. 시時테크가 강조되면서 시간을 다투는 극심한 경쟁 시대를 살아온 사람들이 얼마나 지쳐 있는지 알 수 있는 대목이다.

많은 사람들이 아침 일찍 출근해서 파김치가 되어 가까스로 집으로 돌아오는 삶을 산다. 때로는 야근으로, 때로는 출장으로 회사 일에 자신의 시간을 다 바치는 경우도 많다. 이쯤 되면 회사가 나인지, 내가 회사인지 알 수 없는 상태에 이른다. 그렇게 목적 지향적인 삶을 살아왔기에 노후만큼은 정반대의 삶을 살고 싶어지는 것이다. 하지만 꼭 도시를 떠나지 않더라도, 전

원주택을 짓지 않더라도 도시 속에서 '다운시프터downshifter' 같은 삶을 살 수 있다.

먼저, 하지 않아도 되는 일들로 스스로를 피곤하게 만들지 않는지 돌아본다. 과도한 대출로 집을 마련하거나 더 큰 집으로 이사할 계획을 세우고 있지는 않은가. 현실에 비추어 무리한 계획이라고 여겨지면 그만두는 게 좋다. 그 무거운 짐은 내 어깨에 고스란히 올라앉는다. 물건을 살 때도 이 물건이 나한테 정말 필요한지 다시 한 번 생각해봐야 한다. 굳이 가질 필요가 없는 물건들을 무리해서 소유해봐야 그 규모의 삶을 꾸려야 하기에 또 다른 지출로 이어진다. 좋은 물건이란 비싼 명품이 아닌 지금 내게 꼭 필요한 물건이다.

"이왕 사는 건데 큰 냉장고 사서 오래 쓰는 게 좋아. 앞으로 살림도 점점 늘어날 텐데."

"텔레비전 보는 게 여가생활의 전부니까 텔레비전은 크고 좋은 걸로 사자. 영화 볼 때도 실감나고 좋잖아."

우리는 흔히 이런 말로 우리의 소비를 정당화한다. 큰 냉장고를 사면 한꺼번에 많은 장을 본다. 저장할 곳이 넉넉하니 한 번 장을 볼 때 많이 사서 보관하자는 마음이 드는 것이다. 하지만 그렇게 꼭꼭 채워진 냉장고 속 식재료는 냉장고 밖으로 나와 보지도 못하고 버려질 때가 많다. 냉동실에 뭐가 들어 있는

다르게 살아도, 어떤 모습이어도

지도 모르는 사람들이 얼마나 많은가. 작은 냉장고를 사면 보관할 만큼만 장을 보게 되고, 그러니 버리거나 묵히는 식재료가 적어진다. 크고 좋은 텔레비전이 있으면 텔레비전의 노예가 되는 것도 시간문제다. 텔레비전이 사라지면 나를 위한 시간뿐만 아니라 가족과 대화하는 시간이 늘어난다.

결혼해서 처음 가정을 이룰 때 나와 아내는 작은 부엌이 딸린 전세방 하나에서 소박하게 신혼생활을 시작했다. 세간이 들어갈 수도 없을 만큼 좁은 방이었다. 주말이면 아내와 함께 재래시장을 둘러보며 콩나물 200원, 나물 500원어치 등을 사서 한 끼 풍족하게 먹었다. 다음 날에는 또 다른 먹거리를 찾아 재래시장에 갔다. 남들이 사는 절반밖에 안 되는 물건들을 사면서도 우리는 불행하지 않았다. 가난에 지지 않았고 마음 부자로 살았다. 그러다 조그만 전세방을 벗어나 방 두 칸 집으로, 몇 년 뒤에는 방 세 칸 전셋집으로 이사했다. 세상을 다 얻은 기분이었다. 열심히 저축해서 작은 집을 마련했을 때의 기쁨은 지금 떠올려도 짜릿하다.

물론 지금은 그때와 사정이 다르다. 살기 더 팍팍해졌고 빈부 격차는 더 커졌다. 그러다 보니 남과 비교하며 살지 않을 수가 없다. 하지만 남을 좇는 삶, 절대적인 부를 추구하는 삶을 살다 보면 내가 소멸된다. 삶의 목표가 나의 행복이 아니라, 다른 사람의 시선에 행복해 보이는 삶을 살게 된다. 다른 사람들과 자신의 삶을 비교하는 일을 그만두어야 한다. 그래야 물건과 돈이 아닌 온전히 사람에 집중하며 살 수 있다.

버리는 것도 다운시프터의 삶을 사는 방법 중 하나다. 신혼 시절, 나는 갖고 있는 것보다 없는 것들이 더 많았다. 없는 것이 너무 많다 보니 무언가를 가지는 건 아예 포기하고 작은 것 하나하나를 소중히 여겼다. 쓸 만한 책장이 버려져 있으면 그걸 가져와 깨끗이 닦아 사용하기도 했다. 그러다 나이가 들어 세간살이가 많아지면서 쓸데없는 짐들도 하나둘 늘어나기 시작했다. 일 년에 한 번도 안 입는 옷과 여전히 미개봉 상태인 이런저런 도구들, 눈길 한 번 주지 않은 오래된 월간지들이 집 안 구석구석에 쌓여 있다. 책상 주변에는 책들이 한가득이다. 책장 위에도 있고, 벽마다 책장이 붙어 있다. 이렇게 많은 책들이 다 필요할까, 지금의 나에게 지혜와 안식을 줄 수 있을까 스스로에게 물어보면 쉽게 고개를 끄덕이기 어렵다. 이미 읽어서 다시는 읽지 않을 텐데도 버리기가 아까워 계속 붙들고 있다.

며칠 전 마음먹고 대대적으로 방을 정리했다. 책은 물론이고 쓰지 않는 크고 작은 물품들을 빈 박스에 담았다. 담다 보니 이건 이래서 필요하고 저건 저래서 필요하다는 생각에 도무지 버릴 물건이 추려지지 않았다. 어질러진 방만큼이나 내 마음속도

다르게 살아도, 어떤 모습이어도

복잡해졌다. 중년中年이 아닌 중년重年이 되어버린 느낌이었다. 젊은 시절 가난하게 산 탓인지 나는 하찮은 물건이라도 쉽게 버리지 못한다.

하지만 이젠 가뿐한 삶을 살아야 한다. 버리는 삶이 필요한 '나이'다. 버리고 비워야 물건들로부터 자유로워지는 단순한 삶을 누릴 수 있을 테니까. 버리지 못한다는 건 물질적으로나 정신적으로나 움켜쥐고 싶은 것이 많다는 증거다.

편리한 것을 버리는 것부터 실천하면 좋다. 가까운 곳을 갈 땐 자가용을 타기보다 걸어서 가거나 대중교통을 이용하는 편이 환경보호에도 좋고 건강에도 유익하다. 넓은 집과 큰 배기량의 승용차, 유지비가 많이 나가는 취미생활을 버려도 좋다. 필요 이상으로 많은 음식을 주문하고 남기는 습관, 마트에서 당장 필요도 없는 생필품을 대량 구매하는 소비 습관도 바꾸자. 많이 소비할수록 더 많은 돈을 벌어야 하기에 그만큼 나를 위해 쓸 수 있는 시간이 줄어들 수밖에 없다. 버릴 수 있는 것들은 다 버리고 최소한의 것만으로 소박한 삶을 꾸려야 한다.

매일 만나는 평범한 식탁 속에도 다운시프터의 삶은 숨어 있다. 하루의 마무리를 가족과 둘러앉아, 소박하지만 정겨운 저녁 식사를 하면서 오늘 있었던 일을 나누며 하루의 피로를 푸는 것이야말로 행복의 동력이다. 대화와 격려가 오고 가는 밥상은 어떤 산해진미가 차려진 밥상보다도 맛있을 것이다.

최근 나는 결심했다. '물 흐르듯' 자연스럽게 살자고. 물 흐르듯 산다는 건 계획 없이 산다는 뜻이 아니다. 성실하게 살되 지쳐 소진될 때까지 자신을 몰아붙이지 않는다는 뜻이다. 산골짜기에 흐르는 개천은 그 지역의 지형과 강수량이 만들어낸 작품이다. 자연의 이치에 따라 순리대로 흘러간다. 물이 있으면 흐르고, 없으면 멈추고, 많으면 흘러넘치기도 하지만 시간이 지나면 적당한 양으로 조절된다. 작은 실개천이 순리를 따르며 자연의 일부로 살아가듯이 나도 순리대로 단순하게 살고 싶다.

우리는 세상에 자신의 존재를 증명하고 자리 하나를 꿰차기 위해 한평생을 몸부림친다. 이제는 이렇게 악바리 같은 삶과 거리를 둔 소박한 '다운시프터'가 되고 싶다. 나를 욕망으로 가득 채우며 남들에게 과시하는 삶이 아니라, 꼭 하고 싶고 해야 하는 일만 하는 단순한 삶을 살고 싶다. 버리고 비우는 삶을 통해 단순하고 자유로운 행복을 느껴보자. 버리는 삶, 소박한 삶은 현자나 수도자 같은 사람들만 실천할 수 있는 먼 나라 이야기가 아니다. 그런 삶은 지금 우리 마음속에서 얼마든지 꺼내어 꾸려갈 수 있다.

작고 사소한 것들이 주는
느긋한 행복

> 우리 마음에 잔잔한 기쁨을 주고 따뜻한 위로를 전하는 건
> 크고 대단한 것이 아니라 일상 속에서 발견하는 작고 사소한 것들이다.

내 주위에 10억대 연봉을 받는 E가 있다. 모두가 부러워한다. 사람들은 그를 보면서 일반 사람들과는 다른 천재거나 특출 난 사람이라고 생각한다. 물론 나도 그렇게 생각했다. 그런데 그가 들려준 이야기는 예상과 달랐다.

"어렸을 때 전 열등감 투성이였어요. 잘하는 게 하나도 없었거든요. 그게 너무 싫어서 열심히 차근차근 노력하다 보니 하고 싶은 걸 이룰 수 있게 되더라고요. 높은 연봉을 받는 전문가도 되었고요."

어느 분야에서 전문가가 된다는 건 그 분야에서 가장 뛰어난 사람 중 하나가 된다는 뜻이다. 그런 경지에 오르기 위해 그가 기울인 노력은 눈물겨웠다.

"많은 사람들이 제가 선천적으로 똑똑하거나 천재적인 감각이 있어서 성공했다고 생각해요. 모든 것이 완벽하게 갖추어진 환경에서 꼭 필요한 지원을 받으며 공부했을 거라고, 그래서 고생 같은 건 해본 적이 없을 거라고 말하죠. 처음부터 탄탄대로였을 거라고 지레짐작하지만 저는 이른바 흙수저에 지방대

출신입니다. 그 이력이 저는 부끄럽지 않아요. 오히려 자랑스러워요. 어쩌면 그래서 더 열심히 노력했는지도 모르죠. 저도 처음부터 다 가지고 시작하지 않았어요. 젊은 시절 서울로 발령받아 처음 올라왔을 때 정말 아무것도 없는 빈손이었고, 그 막막했던 기분은 지금도 잊을 수가 없어요. 하지만 그때의 제가 있으니 지금의 저도 있는 거겠죠."

자신의 부족함을 알고 차근차근 노력해 작은 것부터 성취해 간 그의 성공은 그래서 더 가치 있다.

또 다른 지인 H의 경우도 작은 것의 의미를 일깨워준다. 그는 늦은 나이에 물방울 사진을 찍기 시작했다. 처음에는 모두가 왜 하필 물방울이냐고 반문했지만, 그는 그런 반응에 개의치 않고 물방울 사진에 몰두했다. 그리고 마침내 육십이 넘은 나이에 개인전을 열고 작품집까지 출간했다.

"물방울이 좋아 물방울 사진만 계속 찍었더니 어느새 전문가로 인정해주더라고요. 제가 좋아서 시작한 일인데 수입까지 생기니 정말 행복합니다."

그는 좋아하는 일로 돈까지 벌 수 있다는 사실보다는 작품을 사갈 정도로 자신의 작품에 큰 관심을 가지는 사람이 있다는 사실을 더 기뻐하는 것 같았다. 아이처럼 즐거워하는 그의 얼굴을 보니 나까지도 행복해지는 기분이었다.

다르게 살아도, 어떤 모습이어도

나는 아침이면 시원한 공기를 마시며 가까운 등산로를 산책한다. 시원하다 못해 살을 에는 차가운 바람이 몸속 깊이 파고들지만, 아침 산책을 멈출 수 없다. 아침의 산 공기를 가득 들이마시면 다시 태어나는 듯한 기분이 들기 때문이다.

산을 오르는 사람들은 저마다 다른 이유로 산을 찾는다. 그러다 보니 그 모습도 다양하다. 맨손 체조를 하며 가는 사람도 있고, 주위를 전혀 둘러보지 않은 채 이어폰으로 음악을 즐기며 걷는 사람도 있다. 진지한 대화를 하며 느긋하게 걷는 사람도 있고, 혼자서 열심히 달리는 일에만 집중하는 사람도 있다.

그런 다양한 모습의 등산객 중에서 가장 멋없는 등산객은 누굴까. 정상 정복을 위해서만 산에 오르는 사람이다. 매일 아침 산꼭대기에 올라 소리를 질러야 직성이 풀리는 성취주의자들 말이다. 성취주의자는 자신이 원하는 목표에만 도달하면 영원히 행복해질 수 있다는 환상을 품고 있다. 이들에게는 목표에 도달하는 과정보다 도달한 결과가 더 중요하다. 이들이 '빨리빨리'를 입에 달고 사는 건 남들보다 더 빨리 목표에 도달하는 것을 가장 중요한 삶의 가치로 여기기 때문이다. 이들의 눈엔 천천히 걷거나 주위에 관심을 기울이는 사람은 목표의식 없는 게으른 사람으로 보이기 십상이다.

성취주의자와는 반대되는 가치관을 가진 사람들도 있다. 쾌락주의자들은 결과보다는 과정을, 목표보다는 목표에 이르는 여정을 더 중시한다. 이들에게는 목표에 이르는 여정에서 즐길 수 있는 것들을 누리는 일이 더 중요하다. 물론 쾌락만 추구하다 보면 삶의 목적 없이 물질적인 쾌락에만 집착하는 물질주의자가 될 가능성도 있다.

성취주의자와 쾌락주의자라는 양극단 사이에 존재하는 것이 회의주의자다. 목표와 여정 모두 별 볼일 없다며 아예 포기해버리는 유형이다. 삶에 환멸을 느끼고 회의적인 태도를 취하는 회의주의자들이 우리 주변에는 생각보다 많다. 이들은 극단적인 것을 싫어하고 주어진 것을 있는 그대로 받아들이기를 거부한다. 회의적인 성향이 심해지면 삶의 목적을 가지고 열심히 살아가는 사람들의 노력을 하찮게 본다.

쾌락주의자까지는 아니어도 지금 이 순간 나에게 주어진 작고 사소한 것들을 누리는 일은 정말 중요하다. 목표에 도달하고자 하는 강렬한 의지와 목적의식도 중요하지만, 목표에 도달하는 과정에서 누릴 수 있는 소소한 즐거움도 중요하다. 우리는 대단한 사람이 되거나 위대한 인생을 살고 싶은 욕망과 함께 일상의 소소한 것들을 누리는 소박한 삶을 살고 싶은 마음도 함께 가지고 있다.

어쩌면 우리 인생은 근본적으로 사소할지 모른다. 우리의 하

다르게 살아도, 어떤 모습이어도

루를 구성하는 일상들은 모두 사소한 것들이다. 그 일상들이 불행하고 짜증스럽다면 아무리 큰 성취를 이루고 주변의 인정을 받더라도 행복하다고 느끼지 못할 것이다. 반면 작은 일상에서 만족감과 안정감을 느끼면 큰 성취를 하지 못하더라도 불행하다 느끼지 않을 것이다.

사소한 것은 무가치하거나 쓸모없지 않다. 우리 마음에 잔잔한 기쁨을 주고 따뜻한 위로를 전하는 건 크고 대단한 것이 아니라 일상 속에서 발견하는 작고 사소한 것들이다. 내 곁에 있는 작고 사소한 것들은 나와 희로애락을 같이하면서 느긋한 행복을 준다.

많은 중년들이 하고 싶은 것도 자제하고 돈을 아끼고 모아 아파트 하나 장만하려고 애쓴다. 그렇게 힘들여 아파트를 장만해도 더 넓은 아파트를 갖고 싶어 또 돈을 벌고 아낀다. 아파트 장만만이 삶의 목표인 양 아파트의 노예가 되어간다. 더 넓고 좋은 집, 더 크고 비싼 차, 더 아름답고 우아한 명품이 행복을 가늠하는 기준이 되어버린 것 같다. 물론 그런 물질적인 가치가 행복의 기준이 되는 사람도 있을 것이다. 하지만 그런 물질적 소유욕이 지나치게 강하다면 내가 왜 이런 것에 집착하는지 잠깐 쉬어가며 생각해봐야 한다.

물질이 삶의 목표가 될 수는 없다. 목표한 바를 성취했다고 해서 행복을 성취했다고 할 수도 없다. 목표만 추구하다 보면 정작 자신의 삶 자체를 잃어버린 듯한 허무함을 느낄 수 있다. 이때야말로 이제껏 살아온 자신의 삶과 일상을 둘러봐야 할 때다. 우리는 바로 지금 눈앞에 펼쳐진 일상 속에서 희로애락을 느끼며 매 순간을 살아간다. 힘들고 어려운 삶 가운데서 지금의 일상이 가져다주는 기쁨과 인연을 소중히 여기는 것이야말로 진짜 행복임을 명심해야 한다.

다르게 살아도, 어떤 모습이어도

행복은 찾아가는 것이 아니라
찾아내는 것이다

> 행복에는 정의가 없다.
> 자신이 이름 붙이면 그것이 행복이다.

나는 늘 두바이에 가고 싶었다. 특별한 이유가 있는 건 아니고, 단지 내 눈으로 사막의 기적을 보고 싶었다. 두바이에 다녀온 사람들이 전해주는 두바이에 대한 인상도 내 기대감을 부채질하기에 충분했다. 내 꿈이 간절했기 때문일까. 운 좋게도 강의 때문에 두바이와 아부다비, 카타르에 다녀올 기회가 생겼다. 강의 일정을 시작하기에 앞서 남는 시간을 쪼개 두바이와 아부다비를 둘러보기로 했다.

하지만 그렇게 기대했던 두바이의 모습은 실망스러웠다. 두바이는 말 그대로 사막 그 자체였다. 내가 그리던 시원한 바다나 독창적인 도시의 모습은 찾아보기 어려웠다. 높은 빌딩 숲 사이로 자욱한 미세먼지만이 코를 간질일 뿐이었다. 세계적으로 유명한 건축가들이 설계한 독특한 고층건물들이 즐비했지만 감동을 느낄 수는 없었다. 높은 건물들만 이어지는 스카이라인은 즐거움이 아닌 피곤함과 답답함으로 다가왔다.

828미터 초고층 건물인 부르즈 칼리파의 '엣 더 탑At the top'에서 두바이 시내를 내려다보았다. 두바이는 사막 위에 세워진

거대한 도시다. 경쟁 사회에서 승리한 남성들이 전시해놓은 성과물과도 같은 그 건물에서 내가 본 건 공허한 회색 도시의 외관뿐이었다. 그걸 보고 있자니 크게 기대하던 것을 막상 경험하고 났을 때 느끼는 허허로움이 밀려왔다.

도로 중앙에 심어놓은 대추야자나무는 봄에 부는 황사 바람으로 나뭇잎이 회색에 가까웠다. 대부분의 나무와 화초 밑에는 물 호스가 있어서 물이 지속적으로 공급되고 있었다. 사막이다 보니 뿌리로 물을 빨아올릴 수 없기 때문이다. 도심에서 자생할 수 있는 식물은 거의 없어 보였다. 호스에 연결된 나무들을 보고 있자니, 인생의 가뭄을 견디며 고단하게 살아가는 사람들의 모습을 보는 것 같아 마음이 편치 않았다. 이 도시에서 일에 지친 사람들이 쉬어갈 수 있는 곳이 있을까 찾아보았지만 쇼핑몰 말고는 없어 보였다.

'모든 것이 인공적이고, 모든 것이 너무나 화려한 도시. 존재 자체만으로 자연스럽게 멋을 풍기는 것은 하나도 없어 보이는 첨단의 도시⋯. 나한테는 너무 버거워.'

그런 실망스러운 마음을 안고 주말을 맞았다. 두바이에 왔으니 쇼핑몰에는 들러봐야 할 것 같아 지인들과 함께 쇼핑몰에 갔다. 그런데 그곳에서 우리나라에서는 상상할 수 없는 풍경을 보았다. 놀랍게도 금은보석을 파는 가게 앞에 사람들이 길게

다르게 살아도, 어떤 모습이어도

줄을 서 있는 게 아닌가.

"사람들이 하도 많길래 유명 가수가 공연이라도 하는 줄 알았어요. 금은보석을 사려고 이렇게 줄을 늘어선 거예요?"

동행인에게 물었더니 그렇다고 했다. 50년을 넘게 살았지만 이런 광경은 처음이었다. 값비싼 금은보석을 경쟁하듯 사들이는 모습이 어쩐지 서글펐다. 자신들의 허무한 삶을 금은보석으로 채워보려는 건 아닐까 하는 생각이 들었다. 물론 누군가에게 두바이는 최첨단의 기술력과 규격화되어 깨끗이 정리된 이 도시가 매력적으로 다가올지도 모른다. 하지만 내가 잠시 머무른 두바이는 생명력 없는 사막의 도시가 보여주는 황량함과 허무함뿐이었다. 높고 크고 넓은 두바이의 건물들은 삭막해 보였고, 온갖 기술력이 동원된 화려하고 편리한 빌딩들은 차갑게만 느껴졌다.

화려하고 거대하다고 해서 마음이 움직이지는 않는다. 마음의 충만함과 감동은 그렇게 크고 화려한 것에서 오지 않는다. 우리는 기쁨이나 즐거움을 찾기 위해 먼 곳을 바라보거나 다른 사람들의 평가에 기대거나 뭔가 색다르고 새로운 것을 찾아 헤맨다. 하지만 행복은 찾아가는 것이 아니다. 찾아내는 것이다. 내 주위에 이미 존재하고 있는 것을 찾아내 행복이라는 이름을 붙여주는 것이다.

조금만 눈을 돌려보면 주변에서도 즐거움을 찾을 수 있다. 계절이 바뀔 때마다 달라지는 풍경은 어떤가. 사계절이 있는 나라에 산다는 건 축복이 아닐까 싶을 정도로 우리는 철마다 변하는 아름다운 풍경을 본다. 크고 화려한 것들만 동경하는 욕망에 빠져 산다면 일상 속에서 발견하고 누릴 수 있는 이토록 작은 감동들을 놓치고 만다. 작고 사소한 일상 속에 인생의 보물이 담겨 있다. 생각 없이 지나쳤던 나무 한 그루와 풀 한 포기, 화분에 핀 꽃 한 송이는 우리에게 살아 있음의 행복과 생명의 기적을 가르쳐준다.

마음이 흥분되고 가슴이 콩닥거리며 벅차오르는 상태를 '설렌다'고 표현한다. 돌아보면 우리 모두에게는 보기만 해도 좋고 가슴 뛰는 설렘을 느낀 순간들이 많았다. 우리를 설레게 했던 것들은 모두 어디로 사라졌을까. 왜 우리는 지금 무엇에도 설레지 않는 무덤덤하고 밋밋한 삶을 살아가고 있는 걸까.

지나온 시간을 뒤돌아보면 무너지고 물러서고 되돌아갔던 시간들보다 최악의 순간에도 설렘을 간직하고 극복하고자 노력했던 시간들이 더 많았다. 호기심 많은 청소년기에 겪었던 무수한 새로움들, 청년이 되어 경험한 어른의 세계, 결혼하고 자녀를 낳으며 경험한 사랑의 순간들, 일을 통한 작은 성공이 가져다준 성취의 순간들, 공부를 통해 배워가면서 성장하고 있

다르게 살아도, 어떤 모습이어도

는 자신에 대한 자부심, 나와 함께하는 사람들에게서 받은 칭찬과 격려, 때로는 무너질 대로 무너졌다는 생각으로 모든 것들을 내려놓고 싶었던 순간에 시작된 인생 역전의 순간들….

이처럼 설렘은 크고 대단한 것이 아니다. 내 자리에서 내가 느낄 수 있는 것을 느끼고, 할 수 있는 것을 최선을 다해 했을 때 인생의 설렘은 찾아온다. 설렘의 경험이 중요한 건 고난과 고통을 이겨낼 수 있는 힘이 되기 때문이다. 내가 설레는 마음을 가질 수 있었던 건 세상이 아름답기만 하거나 가슴 뛰는 일을 하고 있어서가 아니다. 고통과 절망을 극복해가는 과정에서 주어진 시간에 최선을 다해 살아왔고, 그 시간을 귀하게 간직해왔기 때문이다.

행복은 우리 주변 도처에 있다. 행복은 어느 날 갑자기 나를 찾아오는 것이 아니라, 내가 끊임없이 찾아내고 발굴하는 것이다. 길을 걷다가 문득 좋아하는 노래가 흘러나올 때도, 미세먼지 없이 깨끗하고 맑은 하늘을 볼 때도, 한바탕 비가 내려 가로수가 양껏 물기를 머금고 초록의 생명력을 뿜내는 것을 볼 때도 행복할 수 있다.

미국의 사상가이자 문학가로 세속의 삶을 등지고 자연과 더불어 소박하게 살다 간 헨리 데이비드 소로Henry David Thoreau는 말했다. "인간은 자신의 행복의 창조자"라고. 행복에는 정의가 없다. 자신이 이름 붙이면 그것이 행복이다.

나이를 먹는 게 너무 싫다는 중년들을 가끔 본다. 젊음을 우위에 두고 나이듦을 그보다 못한 가치로 여기는 사람들도 많고, 그것을 당연하게 여기는 듯한 풍조가 있는 것도 사실이다. 그래서 나이를 먹을수록 불행하다고 느낀다. 이미 자신의 화양연화는 끝났다고 생각하는 것이다. 물론 젊음은 아름답지만 최고의 가치는 아니다. 나이듦에도 즐거움은 있다. 나이듦에 숨어 있는 행복을 찾아내는 것이 지혜이자 연륜이다.

나이를 먹으면서 불행하다는 생각이 자꾸 든다면 행복을 잃어버린 것이 아니라 행복을 담을 수 있는 마음을 잃어버린 것이다. 행복을 두 배로 키울 수 있는 사랑하는 사람들을 잃어버린 것이다. 나에게 없는 것을 욕망하며 일상의 감사와 감동을 잃어버리지 말고, 지금 내가 살고 있는 세상에 감사하고 감동하는 연습을 해보자. 그 속에 작은 것들이 주는 행복의 가치가 숨어 있다.

누군가와 더불어 갈 때의
작은 위대함

> 남성들도 애정과 신뢰가 바탕이 된 관계를 형성할 줄 알아야 하고,
> 그런 관계를 유지하기 위해 끝없이 노력할 줄도 알아야 한다.

다른 사람의 도움 없이 혼자서도 모든 일을 잘 해낼 수 있을 정도로 능력이 뛰어난 O. 덕분에 직장에서 남들보다 빨리 승진했고 모든 일에서 뛰어난 성취를 보였다. 그런데 중년의 나이가 된 지금, 그의 주변에는 사람들이 거의 남아 있지 않다. 친구도, 동료도, 선후배도 없다. 오롯이 혼자 남았다. 자신만의 성을 쌓은 채 다른 사람들과의 소통을 단절했기 때문이다. 자신의 능력을 과신한 나머지 다른 사람들은 필요 없다고 생각했기 때문이다. 다른 사람들도 그에게는 친구가 필요 없다고 여겨 다가가지 않았다.

하지만 혼자서 이룰 수 있는 일은 거의 없다. 자기 능력 하나만으로 해결할 수 있는 일도 있긴 하겠지만 그렇지 않은 일이 더 많다. 조직생활, 사회생활은 특히 그렇다. 무슨 일이든 언젠가는 다른 사람의 도움이 필요하다. 하지만 O는 함께한다는 의미를 몰랐다.

"저는 누구에게도 자신할 정도로 열심히 살아왔습니다. 후회 없을 만큼 열심히 살았어요. 그런데 그 결과가 이렇습니다.

고민을 털어놓을 친구도, 도움을 요청할 동료도 없습니다. 잘못이라면 열심히, 최선을 다해 살아왔다는 것뿐인데 저는 왜 이렇게 됐을까요?"

그는 자신이 왜 외톨이가 되었는지 모르고 있었다. 나에게 자신의 고민을 털어놓으면서도 그저 자신은 열심히 살아왔는데 왜 이런 상황에 처하게 되었는지 이해되지 않는다는 투였다. 나는 그에게 사람들에게 마음을 열어보라고 권했다.

"사람만큼 귀한 건 없습니다. 돈을 얼마나 벌었고, 어떤 성취를 이루었느냐보다 내가 어려움에 처했을 때 발 벗고 나서 도와줄 사람이 주위에 얼마나 있느냐가 더 중요합니다. 잔뜩 힘이 들어간 그 뻣뻣한 어깨와 목을 풀고 다른 사람에게 먼저 다가가 보세요. 진심으로 손을 내밀면 누군가는 그 손을 반드시 잡아줄 겁니다."

"이제 와서 그게 무슨 소용인가요? 저는 혼자 힘으로 여기까지 왔어요. 이제 와서 구차하게 감정을 애걸하고 싶지 않아요."

O는 단호하게 나의 조언을 거절했다. 그렇게 살아오지 않았기에 낯설고 어색했기 때문일 것이다. 어쩌면 자존심 상하는 일이라고 생각했을지도 모른다. 하지만 혼자만의 시간을 가지면서 자신의 인생을 곰곰이 생각해본 O는 지금, 조금씩 마음의 문을 열기 위해 노력하고 있다. 권위적이고 딱딱하게 굳어

다르게 살아도, 어떤 모습이어도

있던 표정을 풀어보려 애쓰고 있다. 혼자만의 섬에 갇혀 독단적으로 사는 것보다 누군가와 더불어 사는 것이 더 행복하다는 걸 뒤늦게나마 깨달은 것이다.

젊은 시절에는 친구가 없어도 크게 외로움을 느끼지 않는다. 찬란한 미래를 위한 계획을 세우기에도 바빠서 외로움에 빠질 틈이 없다. 하지만 퇴직 후에는 사정이 달라진다. 젊었을 때는 목표를 성취하는 즐거움이 사람 사이에서 느끼는 즐거움보다 더 크고 가치 있게 여겨지기도 하지만, 그 모든 사회적 성취를 마무리 짓고 나면 남은 게 아무것도 없음을 깨닫는다.

얼마 전에 퇴직한 H도 그런 공허감에 빠져 있었다.

"제게는 이제 고독하고 지루한 인생만 남아 있어요."

H는 특별히 나쁜 경험도 없고 큰 실패도 없이 나름대로 잘 살아온 인생이라고 자부하며 살아왔다. 다른 중년 남성들처럼 일에 우선순위를 두고 바쁘게 살아온 결과 사회적으로 큰 성공을 거두었고, 가정도 평온했다. 그런데 어느 날 갑자기 자신이 세상 모든 것과 단절된 듯한 기분이 들면서 고독하고 지루한 인생을 살았다는 자각이 들었다는 것이다.

"지루하게 사는 게 싫어 일에 파묻혀 바쁘게 살았는데, 그렇게 살았던 인생 자체가 지루하고 고독한 인생이었더군요. 돌아보니 저한테는 남은 게 아무것도 없어요. 오로지 일만 존재하는 세상에서 너무나 지루한 인생을 살았고, 앞으로 제게 남은 인생도 마찬가지겠죠."

혼자 많은 것을 누리면 더 행복해질 줄 알았던 H는 그렇지 않다는 사실을 조금씩 깨달아가고 있다. 그래서 예전에는 우습게 여겼던 사소한 취미생활을 가져보려 노력하는 중이다.

얼마 전 대화를 나눈 60대 초반의 한 개인 사업가 N도 H와 비슷한 고민을 하고 있었다. 꽤 큰 규모로 사업을 하던 N은 아는 사람이 무척 많았다. 그 많은 인맥이 모두 자신의 자산이라고 생각하며 살았다. 명절 때마다 거실에 가득가득 쌓이는 선물 상자를 보면 뿌듯하고 자랑스러웠다. 그런데 사업을 접자마자 상황이 달라졌다고 했다. 사업을 정리하고 처음 맞이한 명절에 선물을 보내온 사람들이 손가락에 꼽을 정도밖에 안 된 것이다. N은 크게 실망했다. 사람들이 선물을 보내지 않아서가 아니라, 그동안 자신의 인간관계에 대해 근본적인 회의감이 들었기 때문이다.

"저는 제가 인맥 관리를 잘한다고 생각했어요. 사람들과 만나면서 한 번도 심하게 낯을 붉히는 일이 없었으니까요. 그런데 보이는 게 전부는 아니더군요. 저는 그저 좋은 거래처 사람이었을 뿐, 좋은 친구는 아니었던 것 같습니다."

지금의 중년 남성들은 집단문화에 길들여진 사람들이다. 그

다르게 살아도, 어떤 모습이어도

들은 혼자 놀기보다 친구들과 함께 놀며 성장한 세대다. 이들에게는 골목과 마당 문화에 대한 추억이 있고 겨울이면 개울가에 모여 얼음을 깨며 놀았던 추억이 있다. 일할 때도 나 홀로 하기보다는 함께 힘을 모아 해내는 데 익숙하다. 군대는 함께한다는 의미가 극대화된 공간이다. 군대 이야기만 나오면 말없는 남성들도 목소리 높여 자신의 군대 시절 이야기를 꺼내며 동질감을 형성하는 것도 이런 이유 때문이다.

이런 집단적이고 공동체적인 문화에 길들여진 반면, 한국의 중년 남성들은 어릴 때부터 자기감정을 억제하고 약점을 감추도록 교육받아 왔다. 남자는 약점을 드러내서도 안 되고 마음을 나약하게 만드는 애정이나 부드러움, 따뜻함을 원해서도 안 된다고 배웠다. 강철처럼 강한 남성, 목표를 향해 돌진하는 남성상을 이상적이라 주입받으며 자랐다. 다른 사람에게 필요한 사람이 돼야지 다른 사람의 도움을 받아서는 안 된다는 걸 불문율처럼 여기며 자랐다. 이렇게 어릴 때부터 목표 지향적인 남성상을 추구하도록 배워왔기에 중년 남성들은 마음속 깊은 이야기를 나누는 친구를 쉽게 사귀지 못한다. 나이가 들수록 더욱 그렇다.

'남자는 이래야 한다'는 사회가 요구하는 남성상에서 벗어나야 한다. 남성들도 애정과 신뢰가 바탕이 된 관계를 형성할 줄 알아야 하고, 그런 관계를 유지하기 위해 끝없이 노력할 줄도 알아야 한다. 나만 잘하면, 나만 잘나면 사람들이 따르게 되어 있다는 생각을 놓아야 한다. 사랑은 내가 품은 크기만큼 돌아오게 되어 있다.

남성적인 문화에 길들여져 다른 사람과의 유대감과 친밀감에 거부감을 느끼는 사람도 있지만, 인간관계에서 깊은 상처를 입고 자신만의 세계에 칩거하는 사람들도 있다. 이들은 자발적으로 외톨이가 되는 걸 선택한 사람들이다. 다른 사람에게 내 상처를 드러내 보이기 싫고, 내 상처를 어느 누구도 이해해주지 못할 거라고 짐작하며 상처를 끌어안고 사는 것이다. 하지만 그런다고 상처 위에 새 살이 돋지 않는다. 오히려 혼자만의 생각이 상처를 더 곪게 만든다.

깊은 상처 때문에 사람들과의 관계에서 멀어진 적이 있다고 고백한 중년 남성 L은 이렇게 말했다.

"세상과 사람들에게 배신당했다고 생각하면서 자기 안에 숨어버리는 건 결코 좋은 해결 방법이 아닙니다. 자기만의 세계로 도망가지 말고 비슷한 상처를 가진 사람을 만나는 게 좋아요. 서로 아픔이 있는 사람들과 만나 이야기를 나누다 보면 마음이 편해지고 가벼워집니다. '아, 나만 억울한 게 아니었구나.' '남들도 다 겪는 일이구나.' 하는 생각이 들면서 동병상련의 마음이 듭니다. 그만큼 상처의 크기가 줄어들고 서로의 상처에 조금씩 공감하게 됩니다."

같은 상처를 가진 사람들을 만나면 처음에는 자신의 상처가 상대에게 그대로 투영되어 견디기 힘들 수 있다. 하지만 그렇게 몇 번을 만나다 보면 상대가 자신의 상처가 투영된 존재가 아니라, 나와 같은 상처로 신음하고 있는 존재라는 걸 깨닫는다. 그 순간 나의 상처를 치유할 수 있는 길이 열린다. 상대의 상처에 쉽게 공감하며 서로를 위로하고 격려하는 과정에서 나의 상처가 서서히 아무는 듯한 느낌이 드는 것이다. L은 이런 말도 했다.

"중요한 건 어떤 사람에게 털어놓는가입니다. 내 상처의 본질을 전혀 이해하지 못하는 사람에게 표출하면 소통이 어긋나 더 큰 상처가 남을 수도 있습니다. 나와 충분히 공감할 수 있는 사람을 만나야 합니다. 아무것도 모르는 아내에게 '당신은 왜 내 상처를 이해하지 못하는 거야?'라고 해봤자 갈등만 생길 뿐이에요. 머리로는 이해해도 마음으로는 이해하지 못하거든요. 내 상처와 분노에 전적으로 공감할 수 있는 사람, 나와 같은 경험을 한 사람을 찾아야 합니다. 그 사람이 꼭 가족일 필요는 없습니다. 친구일 수도 있고 거래처 직원일 수도 있어요. 생판 모르는 남일 수도 있고요."

나의 상황을 이해하고 공감해줄 친구가 주위에 있는가? 그렇다면 당신은 노후를 행복하게 보낼 준비가 된 사람이다. 내가 한 주 동안 몇 사람과, 또 어떤 사람과 전화 통화를 했는지 헤아려보라. 나를 보고 싶어 하고 내 마음과 생각을 알고 싶어 하는 사람이 얼마나 되는가. 다섯 손가락에 꼽을 정도만 돼도 그 사람은 결코 외롭지 않다. 지루한 인생을 살고 싶지 않다면 함께하고 싶고 행복을 나누고 싶은 사람이 되어야 한다.

좋은 친구는 내가 먼저 다가갈 때 생긴다. 내가 마음을 열어 친절을 베풀고, 나의 소중한 것들을 기꺼이 즐거운 마음으로 내어줄 때 좋은 친구를 얻을 수 있다. 내가 먼저 다가가지 않으면 다른 사람들은 내게 친구가 필요한지 아닌지 알 길이 없다. 내가 먼저 손을 내밀지 않으면 나에게 어떤 도움이 필요한지 알 수가 없다. 먼저 다가가고 손 내미는 것을 나약함으로 보는 이들이 있다. 진정으로 나약한 사람은 도움이 필요한데도 도움을 청하지 못하는 사람이다. 위로가 절실한데도 위로를 구하지 못하는 사람이다. 함께 가는 가치의 위대함을 깨달아야 할 때다. 그래야 인생의 가치 또한 느낄 수 있다.

오로지 오늘의 나로
살아가는 기쁨

> 내일은 오늘을 잘 산 사람에게 주어지는 선물이다.
> 오늘을 열심히 산 사람만이 내일도 열심히 살 수 있다.

최근에 가까이 지내던 친구 I가 황망하게 세상을 떠났다. 어린 딸을 남겨두고 세상을 떠날 수밖에 없었던 친구의 마음은 얼마나 무거웠을까. 딸이 태어났을 때 세상을 다 얻은 듯하던 친구의 표정이 아직까지도 생생하다.

"의수야, 나는 세상 어떤 금은보화보다 우리 딸내미가 가장 귀하고 값지다. 보고만 있어도 배가 부르다는 말이 이런 마음이겠구나 싶어. 이런 보물을 낳아준 아내에게도 너무 고마워."

그렇게 말하던 I는 세상 그 누구보다 행복해 보였다. 그랬던 친구가 병마와 싸우다 어쩔 수 없이 하늘나라로 갔을 때 내 마음은 무너지는 것 같았다. 한편으로는 아픔 없는 곳에서 고단했던 몸 내려놓고 편히 쉬고 있을 테니 괜찮다 싶다가도, 남겨진 가족을 생각하면 마음 한 편이 저릿하게 아파온다.

장례식장에 갔다가 친구가 생전에 일했던 직장에 잠시 들렀다. 리모델링으로 깔끔해진 사무실을 보니 친구가 세상을 떠나기 직전까지 일하던 곳이라고는 믿기지 않았다. 친구의 흔적이 모두 지워진 사무실이 어쩐지 야박하다는 생각도 들고, 왠지 모르게 서운했다.

친구 I는 그 회사에서 정말 열심히 일했다. 오늘 일을 내일로 미루지 않고 오늘 할 수 있는 일들을 기쁜 마음으로 해냈다. 힘든 일들이 닥쳐도 성장의 계기로 삼으며 묵묵히 헤쳐가곤 했다. 그 친구의 좌우명은 '오늘만 살자'였다. 생전에 친구는 내게 이런 말을 하곤 했다.

"오늘만 살자는 건 오늘 하루만 열심히 하고 내일은 쉬자는 뜻이 아니야. 오늘을 열심히 살다 보면 매일매일을 열심히 살게 돼. 열심히 사는 것만이 내게 주어진 능력 같아. 나는 내 능력대로 매일을 열심히 살 뿐이야. 지치고 힘들 때도 하룻밤만 자고 나면 또 다른 내일이 찾아온다고 생각하면 없던 힘도 나."

어쩌면 하루하루를 너무 열심히 산 것이 친구에게는 독이 되었는지 모른다. '열심'의 기준이 남들보다 훨씬 높아서 스스로를 힘들게 만들었는지도 모른다. 하지만 나는 친구 I를 이렇게 기억하고 싶다. 오늘을 열심히 살고 삶을 귀하게 여긴 사람으로. 이것이 내가 친구에게 할 수 있는 최선의 추모 방식이다.

사람들은 누구나 힘든 하루를 견디며 살아간다. 오늘보다 나은 내일을 꿈꾸기 때문이다. 지금은 힘들고 어려워도 내일이라는 미래는 더 나은 기쁨과 여유, 성공을 안겨줄 거라고 기대한다. 어쩌면 내일은 지금이라는 힘든 시간을 잊고 희망을 품게

다르게 살아도, 어떤 모습이어도

하는 도피처인지도 모른다. 하지만 이렇게 모든 것을 내일로 미루면 정작 오늘이라는 현재를 제대로 살기 어렵다. 오늘 한 일이 내일 할 일을 결정한다는 사실도 깨닫기 어렵다.

우리는 시간만 지나면 당연히 내일이 온다고 생각하지만 그렇지 않다. 내일은 오늘을 잘 산 사람에게 주어지는 선물이다. 오늘을 열심히 산 사람만이 내일도 열심히 살 수 있다. 오늘의 가치를 귀하게 여기는 사람만이 내일도 가치 있는 시간들로 채울 수 있다.

인간은 평생 동안 세 권의 책을 쓴다고 한다. 첫째는 과거라는 이름의 책이다. 지금까지 살아온 일들을 기록한 책으로 이것은 이미 완성되어 책장에 꽂혀 있다. 둘째는 현재라는 이름의 책이다. 이 책의 내용은 지금 나의 선택과 현실을 대하는 나의 태도에 의해 결정된다. 셋째는 미래라는 이름의 책이다. 나의 꿈과 소망, 기대에 따라 앞으로 쓰일 책이다. 어떤 책을 더 열심히 쓰는지는 사람에 따라 다르다.

우리에게는 어제라는 과거와 오늘이라는 현재, 내일이라는 미래가 존재한다. 과거와 현재와 미래는 누구에게나 주어진 시간이다. 그중에서 가장 중요한 것은 오늘이라는 현재의 시간이다. 하지만 우리는 자신이 죽지 않고 천년만년 살 것처럼 여기며 오늘을 의미 없이 허비한다. 그 끝에는 나의 죽음이 있고 시간의 죽음이 있을 뿐이다.

중년에게 죽음은 더 이상 이방인 같은 존재가 아니다. 죽음은 우리에게 주어진 모든 것을 순식간에 앗아간다. 특히 무한하게, 그리고 당연하게 주어져 있다고 여기던 하루하루의 시간을 단숨에 빼앗아버린다. 죽음이 찾아오고 나서야 우리는 오늘을 사는 것이 얼마나 중요한지 깨닫는다. 당연하게 여겨 그 가치를 인정하지 못했던 오늘의 시간을 소중하고 충만하게 사는 것이 얼마나 소중한지 느낀다. 살아 있는 존재만이 오늘을 충만하게 살 수 있고 내일도 오늘처럼 살아갈 수 있다.

중년이 되면 새로운 것을 원하면서도 두려워하는 경향이 있다. 지금 누리는 것에 변화가 생기는 걸 받아들이지 못하기 때문이다. 어제의 즐거움을 오늘도 그대로 유지하고 싶다면 새로운 아침을 기대하기 어렵다. 어제 누린 즐거움은 어제의 것이지 오늘의 것이 아니다. 오늘 펼쳐지는 새로운 시간과 새로운 생각을 받아들이지 않고서는 새로운 도전을 향해 나아갈 수 없다. 날마다 새롭게 주어지는 아침을 받아들이지 못한다는 건 매일을 새롭게 살아갈 준비가 되어 있지 않다는 뜻이다. 한마디로 설렐 마음의 준비가 되어 있지 않다는 뜻이다.

친구를 먼저 보낸 뒤 나는 결심했다. 아침에 눈 뜨는 순간부터 오늘 내가 누려야 할 나만의 즐거움과 목표만을 생각하며

다르게 살아도, 어떤 모습이어도

살기로. 오늘 누려야 할 즐거움을 내일로 미루지 않고 오로지 오늘이 즐거운 삶을 살기로. 태양은 매일 떠오르지만 오늘의 태양은 내일의 태양과 다르다. 나는 매일을 살아가지만 오늘을 사는 나와 내일을 사는 나는 다르다. 나는 오늘 떠오르는 태양 아래에서 오로지 오늘의 나로 살아가고 싶다. 오늘을 잘 사는 것이야말로 행복한 인생을 살아가는 비결이기 때문이다.

가장 오래
배웅해주는 사람은
가족이다

가족은 세상에서 가장
위대한 유산이다

> 가족과 거리를 두려는 내 마음의 둑이 무너지면
> 다른 사람의 상처투성이 마음이 보인다.

어느 날 밤 강의를 마치고 파김치가 되어 귀가했더니 책상 위에 홍삼 드링크가 한 병 놓여 있었다. 병에 작은 메모가 붙어 있길래 다가가 보니 "힘내삼"이라고 쓰여 있었다. 딸아이의 작품이었다. '힘내삼'이라는 그 한마디가 백 년 묵은 산삼보다도 힘을 북돋았다. 그 순간 세상 어디에서도 맛볼 수 없는 행복에 푹 젖어들었다. 누구에게는 별것 아닐 수도 있지만 내게는 황금보다도 값진 쪽지였다. 이런저런 일로 정신없이 바쁠 때 아내가 보내오는 문자는 어떤가. 그 어떤 값비싼 보약보다도 힘이 솟는다.

"나의 짱 사랑 그대여! 요즘 너무 안쓰러워요. 힘내세요. 우리가 있잖아요~."

아이들과 아내는 나의 지친 어깨를 일으켜 세우는 특수 영양제이자 행복 비타민이다. 밤늦게 지친 몸을 이끌고 집에 들어서는 순간 "아빠!"하며 반겨주는 아이들을 안고 있으면 말로 할 수 없는 행복감이 가득 차오른다. 나는 사랑하는 가족이 있는 집에서 가장 큰 평안과 행복을 느낀다. 특히 아내에게는 항상 고맙다. 때론 나의 부족함을 가감 없이 비판하기도 하지만 내가 가고자 하는 길을 기꺼이 지지해주는, 따스한 햇살이 감도는 언덕과도 같은 존재다.

남편들이 아내에게 듣기 힘든 말이 있다. 그래서 더 듣고 싶은 말인지도 모른다. 그건 바로 "당신을 존경합니다." 결혼 10주년 무렵 아내가 "결혼 생활을 하면서 당신이 보여준 모습들을 존경합니다"라고 말했을 때 나는 형언할 수 없는 기쁨을 느꼈다. 가족들에게 지지받고 존중받고 사랑받는다는 건 세상 그 누구의 응원과 애정보다 값지다.

막내딸이 초등학교 3학년 때 〈아빠의 손〉이라는 동시를 선물해준 적이 있다. 평소에 가족들과 함께 손을 잡고 동네를 산책하곤 했는데 그 경험을 동시로 옮겨놓은 것이다.

아빠의 손을 잡으면 부드럽고 기분이 좋아요.
아빠의 손을 잡으면 마음이 편안해요.
아빠의 손을 잡으면 쌩쌩 달리는 차도 무섭지 않아요.
아빠의 손을 잡으면 사랑이 느껴져요.

너무 예쁜 시여서 사람들을 만날 때마다 읽어주곤 했다. 당황스럽게도 어떤 50대 중반 남성은 눈물을 흘리기까지 했다.

"저는 아직까지 아이들 손을 잡아준 적이 없어요."

나는 그의 축 처진 어깨를 두드리며 이렇게 말해주었다.

"가족들에게 즐거운 추억을 준 경험이 없다면 지금부터라도 당장 할 수 있는 걸 하면 됩니다. 이야기 나누는 게 좋다면 그렇게 하고, 같이 텔레비전 보는 게 좋다면 그렇게 하세요. 함께 한다는 것만으로도 가족은 서로에게 큰 힘이 돼요. 그러다 서로의 마음을 이해하면 마음속으로 손을 잡는 것과 같지요."

요사이 마음의 둑을 높이 세운 가족들을 많이 본다. 가족이기 때문에 서로를 잘 알고 있고, 그래서 더 알 필요가 없다는 생각의 둑이 서로의 마음을 가로막고 있다.

몇 년 전 강의를 하던 대학에서 이런 기말고사 과제를 내준 적이 있었다. '내가 알고 있는 아버지와, 대화를 통해서 알게 된 아버지, 그리고 아버지와의 관계를 회복하고 개선하기 위한 노력과 시도에 대해' 아버지와 대화하고 기록을 남겨 제출하도록 했다. 학생들이 쓴 글에는 가슴 따뜻하고 행복한 이야기도 있었지만, 대화 단절과 소통의 어려움으로 인한 가슴 아픈 이야기들도 많았다.

이후 나는 아버지와 관계가 깨져버린 학생들을 불러 상담 시간을 가졌다. 아버지가 가출하여 아버지에 대한 기억이 전혀 없는 학생도 있었고, 부모가 이혼한 뒤 아버지를 인생의 가장 큰 장애물로 여겨온 학생도 있었다. 대화만 시작하면 고성으로 시작해서 눈물로 끝나는 가정에서 마음의 짐을 짊어지고 사는 학생도 있었다. 어린 학생들이 견뎌내기에는 너무도 무겁고 힘든 이야기들이었다. 나는 이 학생들이 마음의 짐을 털어내길 바라는 마음에서 이들의 마음속 이야기를 들었다. 그중 한 학생의 이야기가 지금까지도 남아 있다.

"아버지는 제가 네 살 때 가출하셨대요. 엄마가 그러시더라고요. 아내와 어린 자식을 버린 거죠. 이제는 아버지에 대해 어떤 느낌도 생각도 없어요. 이젠 제가 아버지를 버린 것 같아요. 근데 요즘 그런 걱정이 들어요. 저도 어른이 되고 어쩌면 아버지가 될 텐데, 어떤 아버지가 되어야 할지 잘 모르겠어요. 아버지라는 존재를 본 적도 없고 아버지의 사랑을 받아본 적도 없기 때문에 어떤 아버지가 되어야 하는지 모르겠어요. 어떤 아버지가 좋은 아버지일까요?"

마음이 많이 아팠다. 누군가에게는 당연하게 주어진 가정환경이 어떤 이들에게는 이렇게 어렵고 힘들 때가 있다. 나는 아버지와의 관계에서 어려움을 겪고 있는 학생들과 오랜 시간 상담하면서, 그 학생들이 인생의 짐이자 장애물로 여겨온 아버지를 새롭게 바라보고 조금씩 이해할 수 있게 도와주었다. 아버지와 대화를 시도해서 아버지의 입장을 들어보고, 아버지에게

다르게 살아도, 어떤 모습이어도

서운했던 감정들을 솔직하게 이야기해보라고 권하기도 했다.

"가족 간에도 서로 오해를 풀고, 진심으로 사과하고 용서하는 시간이 필요해요. 가족도 노력해야 가족이 됩니다. 가족이라는 이름으로 맺어졌다고 해서 자연스럽게 행복한 가족이 되는 건 아니에요. 가족이라서 더 힘들고 상처받는 경우도 많아요. 사랑은 노력하고 표현해야 비로소 완성됩니다."

처음에는 나의 제안을 어색해하고 받아들이지 않던 학생들도 아버지에 대해 조금씩 다시 생각하고 수용하기 시작했다. 아이들에게 상처만 줬던 아버지들보다 훨씬 더 성숙한 인격과 태도를 갖고 있는 학생들이었다.

학생들은 하나같이 20년 넘게 한집에 살면서 부모님과 제대로 된 대화를 해본 적이 없다고 고백했다. 아버지와 대화하고 싶어 둘만의 만남을 요청하자, 대부분의 아버지들이 어색해하며 슬슬 도망치려 했다는 것이다. 아버지 입장에서는 갑자기 다가오는 자녀가 부담스러웠을 것이다. 하지만 학생들은 포기하지 않았고 아버지와 조금씩 대화를 시작했다. 학생들은 계속 대화를 나누다 보니 아버지와 자신 사이를 가로막던 높은 둑이 점점 무너지는 것을 느꼈다고 말했다. 뿐만 아니라 아버지에게 좋은 친구가 되어 주고 싶다고 말한 학생들도 많았다.

멀어진 가족 사이의 둑을 무너뜨리려면 자신의 마음속에 스스로 쌓아놓은 둑을 가장 먼저 무너뜨려야 한다. 가족과 거리를 두려는 내 마음의 둑이 무너지면 다른 사람의 상처투성이 마음이 보인다. 그 마음을 위로하고 싶어 자신도 모르게 마음을 열고 다가가고 싶어진다. 마음이 열리고 그 마음이 서로에게 닿으면 그동안 어렵고 어색했던 사이가 언제 그랬나 싶게 빨리 친밀해진다. 그때부터 가족과 만든 추억들은 가족 구성원 모두에게 삶의 원동력이자 에너지원이 된다.

세상에는 진귀하고 희귀한 보물이 많다. 그러나 세상에 단 하나밖에 없는 보물이 있으니 바로 가족이다. 세상 어디에서도 함께 나눈 추억을 가진 똑같은 아이들을 만날 수 없고, 지금까지 행복을 향해 함께 걸어온 똑같은 배우자를 구할 수 없다. 나와 가족이 맺은 귀한 인연이야말로 인생에서 가장 소중한 보물이다. 그리고 가족과 나눈 행복하고 즐거운 추억이야말로 아이들에게 줄 수 있는 가장 위대한 유산이다.

다르게 살아도, 어떤 모습이어도

인생의 태풍을 견디게 해주는
가장 든든한 이름

> 힘들 때 나를 지켜주는 가족만 있다면, 내가 아낌없는 사랑을 베풀 수 있는
> 가족만 있다면 인생의 태풍은 스쳐가는 소나기에 지나지 않는다는 것을.

나는 오랫동안 부부들을 대상으로 관계 회복 프로그램을 진행해오고 있다. 강의할 때마다 남편들에게 꼭 던지는 질문이 있다.

"아내에 대해 얼마나 알고 계십니까?"

그러면 대부분의 남편들이 이렇게 대답한다.

"그럭저럭 알고 있어요."

"알 만큼은 알죠."

나는 다시 질문을 던진다.

"수치로 말씀해보면 어떨까요? 몇 퍼센트 정도?"

"뭐, 대충…."

구체적으로 물어보면 이렇게 얼버무리는 남편들이 많다. 사실은 아내에 대해 잘 모르는 것이다. 아내뿐만이 아니다. 자녀에 대해 얼마나 알고 있느냐고 물어도 자신 있게 답할 수 있는 아버지는 얼마 없다. 아내가 무엇을 좋아하거나 싫어하는지, 아이들이 어떤 과목을 좋아하고 어떤 콤플렉스가 있는지 등 최소한의 것조차 모르는 아버지가 많다. 물론 자기 자신도 잘 모

르는 사람이 많고, 다른 사람을 안다는 것이 얼마나 어려운지 잘 알고 있다. 하지만 여기서 내가 묻는 질문은 아내나 아이들의 깊은 속내가 아니라 아주 기본적인 성향과 성격, 그들에 대한 간단한 정보 등과 관련된 것이다. 그런 기본적인 것도 모르는데 어떻게 그 사람을 더 깊이 이해하고 헤아릴 수 있겠는가.

이 세상에서 가장 사랑하는 가족이라고 말하면서 우리는 왜 가족들이 무엇을 좋아하고 싫어하는지, 지금 어떤 고민이 있는지 모르고 있는 걸까. 혹시 알고 싶어 하지 않는 건 아닐까. 물론 아버지들이 잘 알고 있는 것도 있다. 어떨 때 아내가 사랑스러운지, 아이가 어떤 행동을 할 때 마음에 드는지 등 자기 기분에 대해서는 아주 잘 안다. 그러다 보니 자기 뜻대로만 아내를 사랑하려 하고 자기 기준으로만 자식들을 이해하려 한다.

타인의 기준대로 살고 싶어 하는 사람은 없다. 그 타인이 남편이나 아버지라 해도 마찬가지다. 아내가 남편이 원하는 대로 살아야 하거나 아이가 아버지의 기준대로 행동해야 할 이유는 없다. 사랑으로 포장된 아버지의 강압에 가족들이 손사래 치며 물러나는 것은 이 때문이다. 내가 좋아하는 것을 남들도 꼭 좋아해야 하는 법 또한 없다. 아내가 싫어하는 것으로는 아내를 사랑할 수 없고, 아이들이 불편해하는 것으로는 아이들에게 기쁨을 줄 수 없다.

다르게 살아도, 어떤 모습이어도

가족은 대개 같이 밥을 먹고 같은 집에서 잔다. 같은 텔레비전을 보고 같은 물건들을 사용한다. 하지만 그렇다고 해서 함께하는 것은 아니다. 그 모든 것을 공유해도 혼자인 가족들이 적지 않다. 함께한다는 정서를 공유하지 못하는 가족은 사랑을 느끼지 못한다. 상대방과 이야기할 수는 있어도 대화를 나눌 수는 없다. 한집에 함께 살 수는 있지만 서로의 삶을 나누며 서로를 수용하고 위로하는 따뜻한 가족이 되지는 못한다.

가정마다 다양한 모습의 고립이 존재한다. 서로에게서 고립된 가족은 하나의 바다에서 두 개의 외딴섬처럼 살아가는 것과 같다. 고립은 가족 안에 조용히, 그리고 천천히 침입해 들어와 가족의 삶을 갉아먹는다. 가족 간에 안정감과 행복을 경험하지 못하는 사람은 다른 인간관계에서도 외로움을 느낀다.

고립은 인생의 허허벌판에 외롭게 서 있는 듯한 느낌을 준다. 심지어 생명까지 앗아가기도 한다. 20세기 초 H. D. 채핀H. D. Chaffin은 버려진 신생아들을 보호하는 10개 병원의 유아 사망률을 조사했는데, 한 병원에서는 원치 않게 태어난 유아의 90퍼센트가 첫해를 넘기지 못하고 죽은 것으로 추산되었다. 나머지 10퍼센트는 병원을 벗어나 가까스로 살아남았다. 아기들이 이렇게 많이 숨을 거둔 이유는 무엇일까. 사람들의 온기나 사랑, 관심을 받지 못하고 고립되었기 때문이다. 그만큼 고립은 인간에게 위험하다.

살다 보면 예기치 않은 인생의 태풍이 몰아치곤 한다. 인생의 태풍과 맞닥뜨릴 때마다 항상 느낀다. 태풍의 한가운데서도 나의 마음을 잡아주고 포근히 감싸줄 수 있는 가족의 사랑만 있으면 능히 헤쳐갈 수 있다는 것을. 힘들 때 나를 지켜주는 가족만 있다면, 내가 아낌없는 사랑을 베풀 수 있는 가족만 있다면 인생의 태풍은 스쳐가는 소나기에 지나지 않는다는 것을.

인생의 풍파 한가운데 놓인 중년 남성 U와 나눴던 대화가 기억난다. U는 어떤 험난한 일을 겪어도 항상 미소를 지으며 다른 사람을 위로해주는 사람이었다. 그런 그가 평생 동안 지켜온 가치들을 부정당하고 많은 것들을 포기해야 하는 상황에 처했다. 걱정스러운 마음에 U를 만났는데 놀랍게도 그는 미소를 머금은 얼굴이었다. 아무리 긍정적인 사람이라도 그렇게 큰 파도 앞에서 그토록 밝은 표정을 짓다니, 나는 조금 놀랐다.

"걱정스러운 마음에 만났는데, 편안해 보여서 다행입니다."

"고난은 언제나 닥치니까요. 앞으로 너의 인생에서 고난은 다섯 개만 일어날 것이다, 이런 게 아니잖아요. 그러니까 어려움이 닥치면 이 일을 어떻게 해결할까, 어떻게 잘 견뎌낼까 그 생각을 먼저 하는 게 맞더라고요."

"그게 참, 말처럼 쉬운 일은 아니니까요."

다르게 살아도, 어떤 모습이어도

"그렇죠. 저는 가족이 큰 힘이 됩니다. 힘든 일이 있으면 가족들에게 이야기하고 어떻게 해결할지 함께 생각을 나누고 격려합니다. 그러면 당장 그 일이 해결되지 않더라도 힘이 납니다. 의지가 되고요."

U를 만나기 전에는 그가 외롭고 힘들어서 많이 지쳐 있을 거라고 지레짐작했다. 하지만 그의 얼굴을 본 순간 내 생각이 틀렸음을 깨달았다.

"사실 처음에는 너무 힘들어서 모든 것을 그만두고 싶은 마음뿐이었습니다. 아침에 일어날 때마다 나에게 닥친 고난을 느껴야 하는 것도, 한밤이 되면 고난을 전혀 이겨내지 못한 채 잠자리에 들어야 한다는 것도 힘들었습니다. 그때마다 저를 위로해주고 격려해준 사람은 아내였습니다. 아내는 인생의 태풍이 지나갈 때마다 언제나 저의 곁에서 저를 지지해주고 변함없이 사랑해줘요. 말 그대로 인생의 동반자인 셈이죠. 저는 저보다 더 힘겹게 살아가면서도 저를 위로해주는 아내를 보면서 더 이상 위축되거나 좌절하지 말자고 다짐합니다. 저의 가족이 저라는 존재 자체를 사랑해준다는 걸 늘 느껴요. 가족의 사랑만 있다면 저는, 어떤 어려움이 닥쳐도 두 다리로 굳건히 버텨낼 수 있어요. 당당히 헤쳐갈 수 있습니다."

U는 아내와 많은 시간을 함께 생각하며 미래를 준비한다고

했다. 힘들고 어려운 일을 겪을 때마다 자녀들이 자신을 사랑하고 존경하고 있음을 더 많이 느낄 수 있어 감사하다고도 했다. 그의 햇살 같은 표정을 보면서 나는 세상 그 누구보다도 그가 성공한 인생을 살고 있다고 느꼈다.

인생은 평온하고 고요하지만은 않다. 내가 가진 모든 것들이 날아갈 수도 있고 중심을 못 잡고 허우적댈 수도 있다. 하지만 가장 소중한 가족과 함께라면 그 어떤 고난도 거뜬히 이겨낼 수 있다.

지금 태풍 같은 나날을 보내고 있는가? 태풍의 한가운데에서 고통에 신음하고 있는가? 그렇다면 스스로에게 이렇게 물어보자. 힘들 때 나를 지켜주고 함께할 수 있는 진정으로 서로를 사랑하는 가족이 내 곁에 있는지를.

다르게 살아도, 어떤 모습이어도

아이들은 아버지의
뒷모습을 보며 자란다

> 이제는 묵묵히 앞장서서 걸어가는 아버지의 뒷모습이 아니라,
> 아이들과 손잡고 함께 걸어가는 아버지가 필요한 시대다.

얼마 전, 남편과 말이 통하지 않아 숨이 막힐 것 같다며 중년 여성 P가 상담을 요청했다.

"속상한 일이 생기면 남편한테 이야기하곤 했어요. 아이들은 아직 어리고, 집안일이나 속 깊은 이야기는 친구들이나 동네 엄마들한테 할 수 없으니까요. 그런데 속마음을 털어놓을 때마다 남편은 무슨 선생님처럼 해결책을 제시해요. 제가 어떤 잘못을 했고, 이렇게 생각하는 것이 잘못되었으니 앞으로 어떻게 하라는 식이에요. 남편이 아니라 담임 선생님하고 면담하는 것 같아요. 그렇게 나올 때마다 괜히 말했다 싶어요. 몇 십 년을 살아왔는데 어떻게 내 마음을 저렇게 이해하지 못할까 서럽기도 하고 답답해요. 몇 번 그런 일이 있고 나니까 남편과 대화를 잘 안 하게 돼요. 그냥 저 혼자 삭히는 게 훨씬 낫더라고요."

남편은 아내의 말을 문제 제기로 받아들이고, 문제에 대한 해결책 제시를 훌륭한 대화로 생각하는 유형의 사람이었다. 문제는 이런 식으로 대화하는 남성들이 굉장히 많다는 점이다.

아내들이 남편과는 대화가 잘 안 된다고 말하는 이유가 여기에 있다. 가족과의 대화에서 꼭 해답이 필요한 건 아니다. 지지와 공감, 위로를 통해 마음을 이해하고 힘을 북돋워주는 게 훨씬 좋은 대화다. 가족이란 사회적으로 형성된 관계가 아닌 정서적으로 맺어진 공동체이기 때문이다.

사실 이렇게 말하긴 하지만, 다른 사람들의 고민을 듣고 조언해주는 나 또한 좋지 않은 대화를 하곤 한다. 실수도 저지른다. 언젠가 오랜만에 막내딸과 단둘이 만나 이런저런 대화를 하는데 딸아이가 이런 말을 했다.

"아빠한테 내가 힘들었던 이야기를 한 적이 있잖아요. 내가 꼭 하고 싶었던 일인데 내 실력이 부족해서 하지 못했을 때 말이에요. 난 그때 정말 속상했거든요. 근데 아빠가 그러시는 거예요. '괜찮아, 우리 딸! 이제 잊어버려. 오히려 잘됐다. 걱정하지 마!' 그 말이 너무 상처였어요. 아빠의 위로가 전혀 마음에 와닿지 않았거든요. 아빠가 진심으로 나를 걱정하고 내 마음에 공감해주지 않는다는 생각이 들었어요."

딸아이의 말에 나는 조금 충격을 받았다. 내 딴에는 실망한 아이를 위로하고, 실패를 두려워하지 말라는 뜻으로 한 말이었는데 아이는 그렇게 받아들이지 않은 것이다. 내가 너무 내 입장에서 엉터리 아빠 노릇을 하고 있다는 생각이 들었다. 무조건 아이를 다독이기보다는 아이가 스스로 상처를 치유할 수 있는 기회를 만들어주어야 했다. '괜찮다, 잘됐다'는 말을 너무 일찍 함으로써 아이가 속상한 마음을 제대로 표현할 기회를 빼앗아버린 것이다. 실패를 경험하는 것도 나쁘지 않다는 생각이었고, 아버지인 내가 괜찮다고 말해주면 아이도 위로를 받을 거란 생각에 내 식대로 아이의 생각과 감정을 정리해버린 것이 화근이었다. 나는 아이에게 진심으로 사과했다.

"미안하구나. 네 아픈 마음을 아빠가 헤아리지 못하고 제대로 위로해주지 못했어."

자녀들은 부모의 이해와 사랑을 원한다. 어설픈 위로와 훈계를 원하는 게 아니다. 그저 마음을 열고 아이의 이야기를 들어주면 된다. 그래야 아이도 자신의 심정과 상황을 쉽게 털어놓을 수 있다.

그러려면 가족 사이에도 대화의 기술이 필요하다. 요즘도 가정과 회사를 구분하지 못하는 남성들이 많다. 모처럼 자녀들과 대화를 나누다가도 어느새 아이보다 우위에 서서 자꾸 무언가를 가르치고 지도하려고 한다.

"요즘 공부는 어때? 어떤 식으로 공부하고 있어? 학원을 다니거나 과외를 받는 게 좋지 않겠니?"

그건 이렇게 해라, 그렇게 하면 안 된다, 그런 생각은 잘못됐다…. 학생과 면담을 하는 건지 자녀와 대화를 하는 건지 헷갈릴 지경이다. 졸지에 아버지는 선생님이고 아이들은 학생이 된다. 자녀와의 대화가 면담 시간으로 바뀌는 건 평소 자녀와 함께하는 시간이 적다 보니 기회가 있을 때 의미 있는 시간을 만들어보려는 아버지의 의욕 탓이 크다. 문제는 의욕이 지나쳐 자녀의 마음을 닫아버리게 만든다는 점이다.

한 번 닫힌 자녀들의 마음은 좀처럼 열리지 않는다. 요즘 아이들은 직접 이야기를 나누는 걸 꺼리는 경향이 있다. 문자메시지나 이메일, 인터넷 채팅과 메신저 같은 디지털 기기로 대화하는 데 익숙하고 그것을 편하게 여긴다. 머리를 식히고 싶을 땐 스마트폰에서 음악을 듣고 게임을 한다. 기기 속으로 '은둔한' 자녀들에게 아버지는 훼방꾼일 뿐이다. 아이에게 다가가는 방식을 바꿔야 한다는 뜻이다.

아버지가 언제 친밀하게 느껴지느냐는 한 설문조사에서 아이들은 '아버지와 장난칠 때' '엄마에게 혼났거나 우울한 자신을 달래줄 때' '자기 전 침대에서 대화해줄 때'라고 답했다.

오늘날 수많은 가정이 대화가 단절된 채 조용한 가족으로 살아간다. 사랑만 해도 모자랄 가족들이 왜 시간이 흐를수록 서로에게 마음을 닫고 침묵할까. 사랑의 힘으로 가정을 이루었지만 그 사랑을 계속 키워나가지 못하기 때문이다.

다르게 살아도, 어떤 모습이어도

"가족인데 무슨 노력이 필요해?" "사회생활도 피곤한데 집 안에서까지 노력을 하라고?" "말하지 않아도 알아주는 게 가족 아니야?" 누군가는 이렇게 반문할지도 모른다. 그렇지 않아도 집 밖에서 온갖 스트레스를 받는데 집에서까지 특별한 노력을 하고 표현을 해야 한다니 너무 피곤하다고 투덜거리는 사람도 있을 것이다. 하지만 사랑은 절대 저절로 주어지지 않는다. 조그만 씨앗 같은 사랑의 감정을 끊임없이 보듬으며 키워내려고 노력해야 한다. 나를 가장 잘 이해해줄 것 같은 가족에게 상처를 받으면 그 상처는 더 깊고 오래간다. 어떤 관계든 좋은 관계를 유지하기 위해서는 노력과 관심이 필요하다. 가족이라고 예외는 아니다.

많은 아이들이 아버지보다 엄마를 더 편하게 여기고, 엄마와 더 많은 대화를 나누며 정서적으로 더 친밀감을 느끼는 이유를 생각해보아야 한다. "아이들은 아버지의 뒷모습을 보며 자란다"는 말이 있다. 군이 뭔가를 억지로 가르치고 주입하지 않아도 아이들 앞에서 걸어가는 아버지의 삶 자체가 아이들 삶에 등불이 된다는 뜻일 것이다.

하지만 이제는 시대가 바뀌었다. 가장으로 열심히 살았으니 내 역할은 다했다는 식의 아버지 상은 지나갔다. 이제는 묵묵히 앞장서서 걸어가는 아버지의 뒷모습이 아니라, 아이들과 손

잡고 함께 걸어가는 아버지가 필요한 시대다. 뒷모습이 아니라 아버지의 온전한 모습을 보여주어야 하는 시대다. 아이들과 적극적으로 친밀감을 형성하고 권위를 내세우지 않고 진심으로 다가가는 아버지가 되어야 한다. 가장이란 그저 돈을 벌어다주는 사람이 아니다. 아이들은 돈으로만 자라지 않는다. 진심 어린 관심과 말 한마디가 아이들을 키운다.

다르게 살아도, 어떤 모습이어도

남자로 산다는 것,
아버지로 산다는 것

> 경제적인 부유함이나 명예도 좋은 아버지라는 명예만 못하다.
> 좋은 아버지는 가장 숭고한 명예일지도 모른다.

"지금까지 회사형 인간으로만 살아왔습니다. 회사에서 시키는 모든 일을 밤낮없이 했어요. 야근을 밥 먹듯 하는 게 저의 일과였죠. 그렇게 살다 보니 언젠가부터 아이들이 저를 방관자를 넘어 침입자로 대하는 기분이 들더군요. 힘들게 일하며 열심히 살아온 저를 통제와 지시만 하는 폭군으로 보는 듯한 시선에 마음이 아픕니다."

나에게 상담을 요청한 중년 남성 A는 무거운 표정으로 말을 이었다.

"그런데 곰곰이 생각해보니 아이들이 저를 보는 시선은 제가 저의 아버지를 보던 시선이더라고요. 제 아버지도 피곤하다는 핑계로 늘 화를 내거나 폭언을 했거든요. 그런 아버지를 정말 극도로 싫어했는데, 저 역시 그런 아버지를 똑같이 닮아버린 거예요. 아버지가 저를 대하던 방식밖에 모르다 보니 똑같은 방식으로 아이들을 대한 거죠. 가족들에게 큰 상처를 주었다는 사실에 견딜 수 없는 후회와 슬픔이 밀려옵니다."

말을 마친 A는 굵은 눈물을 흘리며 서럽게 울었다. 그의 눈물을 보니 이 세상에서 아버지로 사는 것이 남자로 사는 것보다 훨씬 어렵다는 사실을 새삼 깨달았다. 아버지는 자신의 행복보다 가족의 행복을 우선해야 하기 때문이다. 내 몸 하나 건사하는 게 아니기에 그만큼 무겁고 벅차다. 하지만 그게 아버지의 삶이다. 처음부터 아버지의 역할을 알고 있는 사람은 없다. 그러니 실수도 하고 자충수를 두기도 한다. 외롭고 힘겨운 길이지만, 그래서 위대한 일이다.

하지만 그렇게 가족을 위해 최선을 위해 산다 한들 자식과 아내에게 지지와 존중을 받는 아버지로 사는 건 참으로 어려운 일이다. 나도 나이가 들수록, 아이들의 머리가 커갈수록 절실하게 느낀다. 특히 아들과의 관계는 더 어렵다.

내 아들이 사춘기의 절정을 달리던 고등학생 때의 일이다. 아들이 잘못을 저질러 그 일로 아들과 이야기를 나눠야 했다. 전화를 걸었는데 전화 받는 목소리가 몹시 퉁명스러웠다.

"왜요?"

"왜요라니, 네 문제 때문에 전화했잖아!"

아들의 태도에 기분이 상한 나는 마음과는 달리 버럭 화를 냈다. 그러자 아이는 입을 꾹 다물고 내 말에 아무런 대꾸도 하지 않았다. 안 되겠다 싶어 마음을 가다듬고 차분히 이야기해보려 했지만 아들 녀석은 좀처럼 애비의 마음을 헤아리려 들지

다르게 살아도, 어떤 모습이어도

않았다. 나는 가까스로 참고 있던 화를 터뜨리고 말았다. 그 상황이 계속 이어졌다면 더 큰 싸움이 됐겠지만 다행히 손님이 찾아와 전화를 끊을 수밖에 없었다.

손님이 간 뒤 나는 곧장 집으로 향했다. 조금 전에 벌어진 일을 매듭짓지 않으면 아들과의 관계가 영원히 어긋날 것만 같았기 때문이다. 곧장 아들 방에 들어가 중간에 쿠션을 하나 놓고 마주앉아 대화를 시작했다. 쿠션을 마음의 쿠션으로 삼아 부드럽게 대화하고 싶어서였다.

아들과의 대화는 한참동안 이어졌다. 서로의 속마음을 진솔하게 나누다 보니 내 안에 아들을 향한 깊은 사랑이 있음을 다시금 깨달았다. 아들과 대화를 끝내고 아들과 말다툼했던 일을 곰곰이 되새겨보았다. 나는 아들의 말에 귀를 기울이기보다 나의 감정과 생각의 틀로 아들을 단죄하려 했다. 전화를 건 순간부터 마음에 안 드는 아들을 향해 화낼 준비를 하고 있었던 것이다. 겉으로는 따뜻하고 배려심 깊은 모습을 보였지만 사실은 권위주의적인 방식이었다. 내가 이렇게 부드럽게 나가면 너는 나보다 더 부드럽게 받아주고 반성하는 게 아버지에 대한 예의라고 암시하며 아들에게 다가갔던 것이다.

대화를 하면서 아들 녀석이 제법 많이 컸다는 생각을 했다. 아들은 마음을 열고 다가오면서도 자신이 말한 것들에 책임지려는 대견함을 보여주었다. 그로부터 며칠이 지난 어느 날, 아들 녀석이 나를 불렀다.

"아버지, 저를 포기하지 않고 기다려주셔서 감사해요."

왠지 눈물이 핑 돌았다. 덩치만 커진 게 아니라 마음까지 커진 아들이 대견하면서도 든든했다.

누구나 좋은 아버지가 되는 꿈을 꾼다. 젊은 날 화려한 경력도, 경제적인 부유함이나 명예도 좋은 아버지라는 명예만 못하다. 좋은 아버지는 가장 숭고한 명예일지도 모른다.

그렇다면 어떻게 해야 좋은 아버지가 될 수 있을까. 자식이 성장할 때 함께 성장하는 아버지야말로 좋은 아버지다. 같은 눈높이에서 서로를 따뜻하게 바라볼 수 있을 만큼 아이와 함께 성장하는 아버지가 좋은 아버지다. 자녀들의 마음을 헤아리고 살피는 아버지가 훌륭한 아버지다. 자녀들은 인생에서 꼭 필요한 가치관을 부모에게서 물려받는다. 자식이 공부에 충실하고 좋은 대학에 가는 것도 중요하지만, 그보다 더 중요한 건 부모가 아이의 마음을 헤아리고 살펴줌으로써, 아이들 스스로가 '부모님이 나를 이해하고 격려하고 있구나'라는 믿음을 주는 것이다. 명예와 부는 갖고 있지만 따뜻한 사랑과 올바른 가치관을 갖지 못한 아버지가 주변에 너무 많다.

요즘 아버지들은 가족의 생계를 책임진다는 핑계로 자신들

다르게 살아도, 어떤 모습이어도

이 없어도 되는 가정을 만들어놓았다. 미국의 사회학자 데이비드 포페노David Popenoe는 이렇게 경고했다.

"아버지다움의 쇠퇴는 우리 시대의 근본적인 사회적 추세 중 하나다. 1960년부터 1990년까지 생부와 떨어져 사는 어린이들의 숫자가 두 배로 증가했다. … 이런 현상이 지속된다면 20세기 말까지 미국 어린이 절반이 아버지에게 밤 인사를 하지 못하고 잠자리에 들 것이다. … 아버지의 부재는 뉴스의 첫머리를 장식하는 사회문제들의 주원인이 될 수 있다… 미국은 어린이가 성인보다 살기 어려운 역사상 첫 번째 사회가 될지도 모른다."

미국에만 국한되는 이야기일까. 그렇지 않다. 우리나라의 이야기이기도 하다.

또 하나. 좋은 아버지가 되고 싶다면 좋은 아버지이기 전에 좋은 남편이 되어야 한다. 아버지가 아버지다워지는 데는 아내의 역할이 아주 크다. 아내와 좋은 관계를 맺지 못하면 좋은 아버지가 될 수 없다. 서로 신뢰하며 사랑으로 존경하고 배려하는 부모를 보며 성장한 아이들은 그 인격을 고스란히 물려받는다. 그리고 자신들도 따뜻하고 행복한 가정을 꾸릴 수 있다고 생각한다. 자녀의 행복을 바란다고? 그렇다면 먼저 행복한 부부가 되자.

배우자의 행복이
나의 행복을 키운다

> 남성의 인생 이력서는 아내의 얼굴이고,
> 행복 주소는 아내의 미소에 있다.

30년 넘게 지방 근무를 했던 W. 그는 퇴직을 앞두고 적잖이 당황하고 있었다. 아내가 돌연 '주부 파업'을 선언한 것이다. 사실 그동안 아이들 교육과 부모님 모시는 일뿐만 아니라, 형제들 사이의 복잡하고 소소한 일을 모두 아내에게 맡겼더랬다. 묵묵하게 큰 갈등 없이 잘 꾸려가기에 문제가 없는 줄 알았고, 자신이 퇴직을 하고 나서도 아내가 당연히 그 모든 일을 맡아줄 것이라 생각했다. 그런데 아내가 돌변한 것이다. 부부 사이에는 냉기가 감돌기 시작했다.

"아내의 파업 선언 이후, 지난 결혼생활을 뒤돌아봤습니다. 아내와 즐거운 시간을 가진 적이 한 번도 없더라고요. 아내 말에 귀를 기울인 적도 없고요. 제가 없는 집에서 시부모 모시면서 겪었을 여러 아픔들을 어루만져주지도 못했어요. 아이들이 속을 썩여도 못 본 척 아내에게 맡겨두었습니다. 주말에만 집에 나타나 가스 점검하듯 집안을 휘 둘러보고 다시 내려가길 반복했죠. 생각해보니 밖으로만 떠돌고 가장의 역할은 하나도 하지 않았어요. 나를 위해, 내가 편하기 위해 아내에게 말없는 희생을 요구해온 지난 시절이 후회됩니다. 이제는 아내를 위해 살고 싶은데 아내가 저를 받아주지 않을까 봐 두려워요."

W는 며칠 뒤, 아내와 함께 내가 운영하는 부부 관계 회복 프로그램에 참여했다. 문제를 고쳐보려는 의지가 있다는 것만으로도 희망이 있는 부부였다. 나는 부부에게 그들이 함께 겪어온 시간들을 돌아보게 했다. 부부는 처음 만났던 순간부터 지금까지 살아온 시간들을 돌이키면서 많은 눈물을 흘렸다. 30년 묵은 상처들을 나누면서 서로의 역할이 얼마나 외롭고 힘들었는지 알게 된 부부는 서로에게 위안을 건네기 시작했다. 상대의 마음을 헤아리게 되자 서로의 차이점도 이해할 수 있었고, 차이에서 비롯했던 오해와 불신은 신뢰와 사랑으로 바뀌었다. 프로그램이 거의 끝나갈 무렵, 두 사람 사이에 오가는 눈빛은 처음과는 많이 달라져 있었다. 앞으로도 계속 노력하고 애써야겠지만 그런 작은 변화만으로도 나는 그들 부부가 자신들에게 닥친 난관을 잘 극복할 수 있으리라 믿었다. 관계 회복 프로그램을 마치고 얼마 뒤, W에게서 전화가 걸려왔다.

"예전에는 서로 바라보는 것도 어색하고 불편했는데, 이제는 따뜻한 눈빛으로 서로를 바라보고 보듬게 됐어요. 대화하는 시간도 많아졌고요. 서서히 상처가 치유되고 있는 것 같아요."

그러고는 대뜸 아내를 바꿔주었다. 아내의 목소리는 편안하

다르게 살아도, 어떤 모습이어도

고 따사로웠다.

"지금까지 살아오면서 요즘처럼 행복한 때가 있었나 싶어요. 제 생애에서 가장 넉넉하고 따뜻한 날들을 보내고 있어요."

"오해가 풀어지니 언제 우리가 냉랭했었나 싶게 관계가 빨리 회복되더라고요. 지난 명절에는 두 아들 녀석과 가족 여행도 다녀왔어요. 처음으로 떠난 가족 여행인데 너무 즐거워하는 아내와 아이들을 보니, 왜 진작 이렇게 살지 못했나 후회스럽더군요. 하지만 이제 시작이니까요. 지난 시절을 보상받을 수 있을 만큼 열심히 살아야죠."

W는 이제 퇴직 후 남은 생이 불안하거나 걱정스럽지 않다고 했다. 찾아보면 부부 사이에 할 수 있는 일이 무궁무진하다는 것도 알았다. W는 전화를 끊기 전, 남은 생은 아내와 취미 생활을 함께하며 평온한 삶을 보내고 싶다고 말했다. 그의 목소리에서 아내에 대한 깊은 애정과 신뢰를 느낄 수 있었다.

중년에 접어든 기혼 남성들은 곧잘 아내가 변했다고 말한다. 직장 상사보다 어렵고 무섭다고도 한다. 집에 들어가면 아내 눈치 보기 바쁘다는 남성들도 많다. W의 경우처럼 '주부 파업' 선언을 듣거나 '황혼 이혼'을 하고 싶다는 아내 때문에 고민에 빠진 남성들도 부지기수다. 정말 여자들이 나이를 먹으면서 변하는 걸까? 호르몬 때문에 점점 남성화되고 거칠어지는 걸까?

그렇게 느끼는 남성들이 있다면, 자신이 그동안 아내와 가정을 어떻게 대해 왔는지 돌아보아야 한다.

'남편은 직장에서 돈 벌고 아내는 집에서 아이들을 돌본다'는 공식은 현대사회에는 들어맞지 않는다. 요즘에는 맞벌이하는 부부들도 많다. 그런데도 아내에 대한 남편의 인식은 그만큼 바뀌지 않은 것 같다. 맞벌이를 하는데도 아내는 직장일에 집안일도 잘해야 한다고 생각하는 남편들이 적지 않다. "아이는 여자가 키워야지." "아이들은 엄마 손이 필요해"라고 말하는 사람들을 흔히 보았을 것이다.

사실은 나도 그랬다. 같이 일하고 들어와도 내가 쉬는 동안 아내는 저녁을 준비하거나 빨래와 청소를 했다. 집안일을 도와준 적은 있지만 딱히 내가 할 일이라고 생각하지는 않았던 것 같다. 지금은 예전보다 더 많은 가사노동을 하고 있지만, 솔직히 지금도 '도와준다'는 생각에서 벗어나지 못한 것 같다. 맞벌이를 한다면 가사노동 분담도 중요한 일이지만, 외벌이라고 해서 자신이 가정문제나 자녀 교육문제, 집안일에서 완전히 해방되어도 된다고 생각하면 안 된다. 서로가 가장 힘들고 버거운 일이 무엇인지 끝없이 대화하고 소통해야 행복한 결혼생활을 유지할 수 있다. 부부 사이에 벽이 생기기 시작하면 그 벽을 부수기란 쉽지 않다. 왜 아내가 변했다고 느끼는지, 왜 아내가 예

다르게 살아도, 어떤 모습이어도

전처럼 자신을 대하지 않는지 궁금하다면 우선 자신의 결혼생활을 돌아보고 아내와 일상을 함께하는 법을 배워야 한다. 그동안 사소한 것들이라고 무시해온 일상에 신경 써야 한다.

아내가 좋아하는 이야기를 들어주면 서로가 하고 싶은 이야기를 주고받는 부부가 될 수 있다. 아내와 나누는 수다 속에는 가정의 경제문제, 자녀 교육문제, 시댁 식구나 친정 식구들의 문제도 포함되어 있을 것이다. 그러니 아내가 하는 말을 들으면 자연스럽게 가정사에 대해 의논하게 되고, 그러면서 서로의 상황을 알게 되고 이해할 수 있게 된다. 자연스러운 대화를 나눌 수 있는 부부야말로 세상에서 가장 좋은 친구다.

많은 남성들이 건강을 위해 운동에 시간을 투자하고, 많은 재물을 모으기 위해 주식에 돈을 투자한다. 그러나 이 모든 것들은 아내에 대한 투자만 못하다. 남성의 인생 이력서는 아내의 얼굴이고, 행복 주소는 아내의 미소에 있다.

사랑이란 그런 것이다. 내가 미소를 지어 보이면 상대도 나를 보며 웃게 되고, 내가 먼저 사랑을 주면 상대도 자신이 받은 사랑을 떠올리며 더 큰 사랑으로 다가온다. 모래시계는 눕혀놓아서는 결코 안 되는 물건이다. 눕혀놓으면 아무것도 오갈 수 없기 때문이다. 부부관계도 그렇다. 모래시계의 모래처럼 언제나 사랑이라는 이름으로 서로에게 오가야 한다.

아이들은 부모를 바라보며
미래를 꿈꾼다

> 아이들은 부모와 함께 꿈을 꾸고 나누는 것이 얼마나 중요한지,
> 또한 꿈을 실현하려면 어떤 준비를 해야 하는지 부모를 통해 배운다.

나에게는 세 아이가 있다. 큰딸은 마음이 착하고 조금은 고지식한 성품을 갖고 있다. 사람들을 돕고 그들과 나누는 일에 큰 열정이 있다. 아들은 장난기 가득하면서도 마음이 따뜻하고 사람에 대한 배려가 깊다. 자신이 정한 목표를 향해 쉴 새 없이 달려가는 막내딸은 열정이 커서 마음의 부담도 크다. 세 아이 중 막내딸이 나를 가장 많이 닮았다. 하고 싶은 일이 많아서 여러 가지 일들을 두루두루 잘한다. 세 아이는 내 인생에 주어진 축복이며 희망이다. 몇 년 전 밤늦게까지 독서실에서 공부하고 온 막내딸과 이런저런 이야기를 나누던 기억이 떠오른다.

"아빠, 나는 어렸을 때 가족들하고 놀러가고 수다 떨었던 날들이 자주 생각나요. 그때는 공부에 대한 부담이 없기도 했지만, 그 시간들이 너무 즐거웠거든요. 지금도 힘들 때 그 추억들을 떠올리면 힘이 나요."

미숙한 아버지였던 나는 아이들이 어렸을 때 '아이들과 놀아줘야 한다'고만 생각했다. 그런데 시간이 흐르고 나서 돌이켜보니 '아이들이 나와 놀아주었다'는 생각이 든다. 아이들과

놀면서 함께한 시간들이 너무도 즐겁고 행복했기 때문이다.

아이들이 커가는 모습을 보면서 알게 된 것이 하나 있다. 아이들이 어떤 꿈을 꾸든 아버지로서 기다려주는 것이 중요하다는 사실이다. 아이들의 꿈이 우리 부부의 꿈속에 들어와 있다면 우리 부부의 꿈은 아이들의 꿈속에 들어가 있다. 아이들과 우리 부부는 서로의 거울이 되어 꿈을 나누고 북돋아주는 운명 공동체이기 때문이다.

요즘은 아이들을 볼 때마다 든든한 마음이 든다. 아이들이 남부러운 능력을 갖고 있거나 사회적으로 크게 성공해서가 아니다. 아이들은 우리 부부와 토론할 줄 알고, 때로는 우리 부부보다 더 나은 제안을 하기도 한다. 힘겨운 일들을 견뎌내며 자신의 꿈을 향해 달려가는 모습들이 대견스럽기만 하다. 보기만 해도 행복으로 배가 부르다.

우리 아버지도 나를 보면서 꿈을 꾸셨을 것이다. 내가 중학교에 입학할 당시 아버지는 내게 통 큰 선물을 주셨다. 당시에는 교복을 사서 입을 만큼 집안 형편이 넉넉하지 않았다. 대부분의 사람들이 그런 형편이어서 시골에 오일장이 서면 노점에서 교복을 사서 입는 일이 예사였다. 그럴 형편도 안 되면 헌 교복을 물려 입기도 했다. 그게 흉이 되는 시대도 아니었다. 그런데 우리 아버지는 그 당시, 나에게 교복을 맞춰주셨다. 교복

다르게 살아도, 어떤 모습이어도

을 양복점에서 맞춰 입는 건 당시로서는 대단한 일이었다. 교복을 입고 학생 모자를 쓴 막내아들인 나를 흐뭇하게 바라보시던 아버지의 눈빛이 지금도 잊히지 않는다. 그때 아버지는 자신이 못 다 이룬 꿈을 아들이 이루어주리라 생각하셨는지도 모른다.

세 아이의 아버지가 된 나는 내 아이들을 바라보며 그 옛날 아버지가 내게 품으셨을 마음을 조금이나마 헤아린다. 대단하고 큰 꿈이 아니었을 것이다. 나 또한 그렇다. 아이들이 판검사가 되고 의사가 되어 부와 명예를 얻었으면 좋겠다는 강압적인 꿈은 꾸지 않는다. 그저 이 세상을 당당히 살아나가는 아이들이 되었으면 한다. 아버지만 아이들을 바라보며 꿈꾸는 건 아니다. 아이들도 아버지를 바라보며 미래를 꿈꾼다. 아버지와 자녀는 서로의 거울이 되어 지금보다 더 나은 미래를 꿈꾼다.

얼마 전 한 청년이 내게 고민을 털어놓았다.

"아버지가 어머니께 큰 잘못을 저지르셨어요. 원래도 사이가 좋은 편은 아니었지만, 그 일이 일어나고 나서 두 분은 매일 싸우세요. 사실 어렸을 때부터 부모님이 각방을 쓰셨거든요. 아버지가 안 계시면 엄마가, 엄마가 안 계시면 아버지가 저에게 상대방의 흉을 늘어놓았어요. 부부란 원래 저렇게 사이가 안 좋은 거구나 생각할 정도였죠. 그런데 얼마 전에 결국 이혼하기로 하셨다더라고요."

그는 부모님을 설득하고 갈등을 중재하려 애쓰고 있지만, 일이 잘 해결될 것 같지는 않다고 했다. 그러면서 부모님이 이혼하는 것보다 더 두려운 게 있다고 털어놓았다.

"결혼을 약속한 여자 친구가 있어요. 여자 친구를 사랑하지만 우리 미래를 생각하면 자신이 없어요. 결혼을 생각할 때마다 부모님 모습이 떠오르거든요. 매일매일 싸우던 그 모습, 서로 흉을 보던 그 모습이 떠올라요. 결혼하면 제가 그렇게 될 것 같아요. 지금은 여자 친구를 너무 사랑하지만 결혼하고 나면 이런 마음이 다 사라지고 매일 다투면 어떡하죠? 결혼 생각만 하면 잠을 이룰 수 없을 정도로 심란해요."

그는 한참 동안 생각에 잠기더니 어두운 표정으로 말했다.

"부모님도 사랑해서 결혼하셨을 거잖아요. 그런데 어렸을 때부터 보아온 두 분은 단 한 번도 서로를 사랑한 적이 없는 모습이었어요. 사랑이 저렇게 금방 사라지는 거라면 나라고 다를까 싶은 생각이 자꾸 들어요."

행복하지 못한 부모 때문에 자신의 미래까지 꿈꿀 수 없는 지경에 이른 청년이 너무 안타까웠다. 이처럼 어긋난 가족관계는 자녀에게 무너진 꿈을 주기도 한다.

가족은 운명 공동체다. 한국 사회는 가족보다 식구라는 표현을 더 많이 쓴다. '식구食口'란 한집에 살면서 끼니를 같이하는

다르게 살아도, 어떤 모습이어도

관계를 뜻한다. 끼니를 같이하는 건 아주 중요하다. 밥상머리 교육이라는 말도 있듯 밥상머리에서부터 자녀의 교육이 시작되기 때문이다. 매일같이 한 식탁에서 함께 밥을 먹으며 도란도란 이야기를 나누는 것은 가족만이 나눌 수 있는 소중한 경험이다.

가족은 서로의 꿈을 나누고 북돋아주는 비전 파트너가 되어야 한다. 서로의 꿈과 비전을 키워나갈 수 있도록 격려하고 지지해줄 뿐만 아니라, 어려운 순간에도 함께하며 이겨낼 수 있도록 도와주어야 한다. 나이 들수록 아버지들이 외로움을 많이 느끼는 이유는 자녀들과 나눌 꿈이 없기 때문이다.

가족이 서로의 비전 파트너가 되기 위해서는, 부모가 먼저 자신들이 앞으로 어떤 삶을 살고 싶은지 삶의 목표와 방향을 정해서 준비해야 한다. 아이들은 부모와 함께 꿈을 꾸고 나누는 것이 얼마나 중요한지, 또한 꿈을 실현하려면 어떤 준비를 해야 하는지 부모를 통해 배운다. 행복은 꿈꾸는 자들에게 주어지는 선물이다. 행복을 만들어가기 위한 꿈을 꾸고 그것을 성취하고자 노력하는 과정 안에 서로를 격려하고 북돋아주는 무조건적인 '내 편'이 있다는 건 무엇과도 바꿀 수 없는 에너지원이다.

나는 나로
충분하다

본질적인 나로 돌아가는
침묵의 시간

> 분주함이 일상이 되어버린 중년에게는 고독이 약이다.
> 나를 위한 진정한 배려는 분주함에서 벗어나 나를 고독한 존재로 만드는 것이다.

최근에 인생의 후반전을 고민하는 50대 P를 만났다. 20대의 열정과 확고한 비전을 가진 그는 삶의 새로운 지평을 열어갈 수 있는 준비가 되어 있었다. 나는 그의 앞날을 축복하며 조심스레 이런 제안을 해보았다.

"미래의 계획이 어느 정도 정리되었다면 잠시 숨을 고르고 스스로를 잠금해제해 보세요. 그 계획 속에 위험성과 무모함이 복병처럼 숨어 있지는 않은지 천천히 헤아리셔야 합니다."

"계획을 다시 점검하라는 뜻인가요?"

"아뇨. 새롭고 낯선 길을 가기 전에 신발 끈을 고쳐 매시라는 뜻입니다. 잠시 숨을 고르는 것도 나쁘지 않아요."

사람들은 으레 잠시 쉬어가라는 말을 부정적으로 받아들인다. 더구나 미래를 계획하고 있는 사람에게 잠깐 숨을 고르면서 천천히 생각해보라고 하면 기분 나쁘게 받아들이기도 한다. "한가한 것보다 바쁜 게 좋다"는 말이 금과옥조처럼 받아들여지는 세상을 살아가고 있으니 그럴 만도 하다. 하지만 숨을 고른다는 것, 잠깐 걸음을 멈춘다는 것은 살아가면서 분명히 필요한 쉼표다.

지금의 중년들은 조용한 세상에서 성장했다. 그때는 지금처럼 각종 미디어가 발달하지도 않았고, 그런 것들을 즐기기 위한 제품이나 기계들을 구비하기도 쉽지 않았다. 내가 어린 시절에는 "알려드립니다~"로 시작하는 동네 이장님의 방송 정도가 쉽게 들을 수 있는 대중매체였다. 그 방송에서 이장님은 동네 사람들에게 공지 사항을 전한 뒤 새마을 노래를 들려주었다. 그렇게 전달해야 할 메시지가 끝나면 그다음부터는 이장님의 기분에 따라 대중가요를 틀어주었는데, 주로 어른들이 좋아하는 이른바 뽕짝이었다. 이장님이 디제이였던 셈이다. 지금 생각하면 보잘것없는 방송이었는지 몰라도 그때는 그 방송도 재미있었다.

청소년 시절에는 집에 있는 라디오와 야외용 소형 전축, 흑백 텔레비전이 접할 수 있는 대중매체의 전부였다. 그것도 아무나 가질 수 없었고, 잘사는 집에만 있었다. 지금은 집집마다, 심지어는 휴대전화로 드라마나 영화를 보고 라디오까지 들을 수 있지만, 당시에는 그런 혜택도 있는 집안 사람들의 이야기였다. 그러다 보니 우리들은 골목길이나 놀이터, 공터에서 놀면서 컸다. 학원도 거의 없던 시절이라 학교 갔다 오면 책가방을 팽겨 치고 친구들과 어울려 동네방네 뛰어다녔다. 어려서부

다르게 살아도, 어떤 모습이어도

터 흙 만지고, 산을 오르내리며 자연과 어울려 놀았기에 자연의 소리와 친숙했다.

이런 중년들에게 요즘 세상은 너무 시끄럽다. 소음과 소란으로 가득 차 있다. 아침에 눈을 떠서 밤에 잠들 때까지 듣고 싶지 않은 이야기와 노래를 하루 종일 들어야 하고, 보고 싶지 않는 사진과 영상을 무방비 상태에서 봐야 한다. 노래를 들어도 이제는 가사를 알아들을 수가 없다. 알아들어도 무슨 내용인지 이해가 잘 안 간다. 이제는 그런 사운드에 익숙해져서 그러려니 할 때가 많지만, 어떤 때는 그런 소음으로 인해 몸과 마음이 지칠 때가 있다.

어째서 우리는 이토록 요란한 세상에서 이토록 분주하게 살아가는 것일까. 정말 분주한 것일까, 아니면 분주한 게 좋다는 생각에 분주해 보이려고 노력하는 것일까. 매일의 일상은 분주한 감정으로 가득 채워지고 일거리는 숨 돌릴 틈 없이 밀려온다. 아무리 열심히 일해도 일은 끝날 줄 모르고 세상은 고요해지지 않는다. 거리는 사람들로 북적대고 차들은 온종일 도로를 가득 메우고 있다.

이토록 분주한 세상 속에서 잠시 일상을 내려놓고 여유를 찾아 묵상한다는 건 어쩌면 불가능한 일이다. 그러나 침묵은 스스로의 음성을 크게 들으며 스스로와 대화할 수 있게 해주는 거의 유일한 방법이다. 침묵 속에서 나는 나의 마음이 전하는 진정한 목소리에 귀를 기울일 수 있다. 조용한 곳에서 눈을 감고 깊게 호흡하면 온전하고 본질적인 존재로 회복되는 듯한 기분이 든다. 침묵은 또한 평소 무심하게 지나쳤던 주변의 소리를 잘 들을 수 있게 해준다. 침묵 속에 있을 때, 나는 나를 아끼는 사람들이 전해주는 마음의 소리를 들을 수 있다.

침묵 속에서 우리는 온전한 쉼을 누릴 수 있다. 고요한 침묵은 내 마음의 소란을 잠재우고 나 자신을 욕심과 복잡함에서 벗어나게 해준다. 혼자서 조용히 시간을 보내면 부정적인 기분이 어느새 사그라지기 시작한다. 불필요한 생각의 자극이 줄어들면서 평온한 감정과 한결같은 마음을 유지할 수 있다.

나만을 위한 고독의 시간을 즐기는 방법은 다양하다. 결코 어렵지 않다. 문을 닫고 방 안에서 혼자 있는 시간을 보낼 수도 있고, 따스한 햇살을 맞으며 혼자 산책하거나 책을 읽을 수도 있다. 그냥 아무것도 안 하고 꾸벅꾸벅 졸며 낮잠을 즐길 수도 있다. 중요한 건 무엇을 하느냐가 아니라 진정한 쉼을 누릴 마음의 자세가 되어 있느냐이다.

우리는 일도 많이 하지만 생각도 많이 한다. 불필요한 인간관계도 많이 맺고 산다. 이 모든 것이 지나치면 우울증이나 일중독으로 이어지곤 한다. 분주함이 일상이 되어버린 중년에게

다르게 살아도, 어떤 모습이어도

는 고독이 약이다. 나를 위한 진정한 배려는 분주함에서 벗어나 나를 고독한 존재로 만드는 것이다. 그럴 때 한 해 동안 쏟아놓았던 나의 말들을 정리해보는 게 필요하다. 누군가에게 상처준 말은 없었는지, 반대로 따스한 위로와 격려의 말로 누군가를 행복하게 해준 적은 없는지 깊이 헤아려보자.

고독한 시간을 가진다는 건 일상과 단절한다는 뜻이 아니다. 직장에 한 시간 먼저 출근해서 일이 나에게 어떤 의미인지 생각해보는 것도 좋고, 조용한 점심시간에 주변 사람들의 가치를 헤아려보는 것도 좋다. 가족들이 모두 잠든 순간에 가족의 소중함을 떠올려보는 것도 좋다. 고독은 나에게 소중한 것들에 대해 새롭게 생각하도록 이끈다. 많은 지식보다 고독 속에서 차분해진 마음과 생각이 나를 평온하게 만드는 지혜가 된다.

오랜만에 가까운 지인들과 청계천을 걸었으며 이런저런 대화를 나누다 문득 그들에게 물었다.

"저녁엔 주로 뭘 하세요?"

일행 중 한 명이 대뜸 대답했다.

"일하죠."

"퇴근해서도 일을 하세요?"

"집에서라도 하지 않으면 매일매일 야근해야 해요."

저녁은 하루 종일 일하느라 지친 몸과 마음을 내려놓아야 하는 시간이면서, 일 속에 파묻혀 잃어버렸던 나를 되찾는 시간이기도 하다. 쫓기며 살아온 나를 쉬게 하고 마음껏 여유를 누려야 할 시간에 일에서 손을 놓지 못하다니 안타까운 마음이 들었다.

특히 중년들에게 저녁 시간은 참으로 중요하다. 회복을 위한 재충전의 시간이자 꿈의 칼날을 날카롭게 벼릴 수 있는 시간이기 때문이다. 저녁 시간은 자기 자신을 돌아볼 수 있는 여유의 시간이면서, 매일 똑같은 삶에서 벗어나 새로운 것에 도전할 수 있는 창조의 시간이다. 가족과의 대화를 통해 사랑을 느낄 수 있는 시간이기도 하다.

하지만 우리는 모처럼 일이 없는 저녁 시간도 자신이나 가족을 위한 시간으로 쓰지 못한다. 오랜만에 찾아온 여유 앞에서 방황하거나 술 약속으로 허비하기 일쑤라며 아쉬워한다. 목마르게 원했던 일이 선물로 주어졌지만 선물상자를 제대로 펴보지도 못한 채 지나쳐버리는 것과 같다. 나를 돌아볼 수 있게 하는 고요한 저녁 시간을 일부러라도 가져야 한다. 그 시간은 허무하게 버려지는 시간이 아니라, 나를 좀 더 진지하게 들여다볼 수 있는 시간이다.

그러나 아무리 저녁 있는 삶을 살아야 한다고 이야기해도 많은 사람들이 그 말의 참뜻을 이해하지 못한다. 어떤 사람들

다르게 살아도, 어떤 모습이어도

은 회사에 있을 때보다 퇴근하고 난 뒤가 더 바쁘다고 한다. 내가 미래를 위해 달리기 전에 '잠금해제'를 해보라고 조언했던 P도 처음에는 뜨악한 반응을 보였다. 기껏 불어놓은 풍선을 바늘로 찔린 듯한 표정이었다. 한동안 아무 말 없이 생각에 잠겼던 그는 내 말이 뻔한 충고가 아니라는 걸 알았다는 듯이 고개를 끄덕이며 말했다.

"음, 생각해보니 그렇네요. 제가 너무 희망에만 부풀어 있었던 것 같아요. 무모하게 덤비기보다 많은 것을 고려하고 고민하면서 천천히 가는 게 좋겠어요."

다른 사람이 건네는 조언은 때때로 많은 오해를 불러일으킨다. "자기 일 아니라고 쉽게 말하네"라거나 "그렇게 뻔한 소리는 나도 하겠다." 혹은 "오지랖도 넓다. 남이 그러거나 말거나 무슨 상관이지?"라는 반발심을 부르기도 한다. 하지만 P는 마음을 열고 내 진심을 고맙게 받아주었다. 그런 포용력이라면 나는 그가 혼자만의 '잠금해제' 시간을 보낸 뒤 계획대로 희망차게 앞날을 헤쳐가리라 믿는다. 천천히 걷는다고 해서 길을 잃는 것은 아니다.

나는 이미 충분히
의미 있는 존재다

"어떻게 살고 싶으세요?"

불쑥 이런 질문을 던지면 중년들은 대개 비슷한 대답을 내놓는다. 표현법은 달라도 본질은 같다. '의미 있게 살고 싶다'는 것.

자신의 인생이 무기력하고 무의미하게 여겨진다는 50세 남성 B도 그랬다. 직장생활에만 매달리다 중년에 이른 그는 제대로 된 취미도, 모아놓은 재산도 없고, 의미 있는 삶을 꿈꿔본 적도 없다고 했다.

"열심히 산다고 살았는데 제가 어디를 향해 달려왔는지, 무엇을 위해 그토록 애써왔는지 모르겠어요. 무엇에도 흥미가 생기지 않고, 제 인생이 쓸모없다는 생각만 들어요."

중년기 우울증에 걸린 B는 얼마 전부터 병원 치료를 받고 있다며 힘없는 목소리로 말했다.

"하루하루가 짜증스럽기만 해요. 짜증을 견딜 수 없어 주변 사람들에게 풀다 보니 이제는 사람들도 저를 멀리하더군요."

눈그늘이 깊게 진 그의 눈은 어딘지 공허하고 슬퍼 보였다.

"저도 이런 제가 싫어요. 짜증 안 부리는 편안하고 인자한 사람이 되고 싶습니다."

B에게 짜증은 중년기 우울증의 표현이었다. 나는 그에게 자신의 삶에 의미를 부여하면 좋겠다고 조언해주었다.

"남자들은 다른 사람들의 격려와 칭찬 속에서 자신의 존재감을 느낄 뿐만 아니라 삶의 의미를 찾는 경향이 있어요. 다른 사람의 평가에 아주 민감합니다. 하지만 그건 내 인생에서 큰 가치가 없습니다. 이제는 다른 사람이 나의 삶에 부여해주는 의미가 아닌 스스로가 부여해주는 의미에 관심을 기울여야 합니다. 자신을 '괜찮다'고 다독이는 것, '지금으로서도 충분하다'고 의미 지어주는 것도 중요합니다."

찾아보면 삶의 의미는 참 많다. 햇살 맑은 아침에 잠에서 깨어 하루를 맞이하거나 사랑하는 가족의 얼굴을 마주 볼 수 있는 것도 소중한 의미다. 오늘 해야 할 일이 있다는 것도, 바쁜 시간에 걸려오는 친구의 전화도, 귀한 점심시간을 쪼개 줄 서서 먹는 점심 한 끼도 나의 존재감을 채워주는 중요한 의미가 될 수 있다. 눈을 뜨고 맞이하는 모든 일상 속에는 나 자신을 가치 있게 만들어주는 의미가 수없이 많다. 그 의미를 찾아서 거기에 가치를 부여하는 건 나의 몫이다. 내가 찾아내는 의미가 중요하지 다른 사람이 나에게 강요하는 의미는 중요하지 않다. 그 의미는 없던 것을 만들어내는 것이 아니라 이미 있는 것, 가진 것에서 찾아내는 것이다. 한동안 방송을 같이 진행했던 개그우먼

다르게 살아도, 어떤 모습이어도

J를 얼마 전에 만났다. 한동안 일이 잘 안 풀려 얼굴에 그늘이 져 있던 그녀의 표정이 어쩐지 무척 편안해 보였다. 좋은 일이 있냐고 물었더니, 그녀는 웃으며 마음을 달리 먹었을 뿐이라고 했다.

"제 개그맨 동기들은 아주 잘나가요. 그 친구들을 볼 때마다 정말 배가 아팠어요. 다들 잘나가는데 저만 방송에 못 나오니까 자존심도 상했고요. 그런데 가만히 생각해보니 제가 사람들을 못 웃기더라고요. 웃기지 못하는 개그우먼을 누가 찾겠어요. 저만 왜 이렇게 뒤떨어져 살아가는지 이유를 찾았지만 괴로운 건 마찬가지였어요. 쉽게 손을 놓을 수도 없었고요."

괴로워하는 딸의 모습이 안쓰러웠던 아버지는 어느 날, 그녀에게 조심스럽게 말했다고 한다.

"다른 진로를 찾아보면 어떻겠니?"

J는 너무 화가 났다. 자신도 사람들을 웃기지 못한다는 사실을 알고 있고, 그래서 더 화가 나 있는 상태인데 아버지가 속도 모르고 그런 말을 하니 치밀어 오르는 분노를 참을 수가 없었던 것이다. 어쩌면 J는 아버지가 아니라 자신에게 화를 냈던 것인지도 모른다.

"남의 속도 모르고 그런 말씀 마세요! 지금까지 해왔던 일을 버리고 다른 일을 찾는 게 쉬운가요? 이래라저래라 말고 그냥

절 가만히 내버려두세요!"

그날 저녁, 아버지는 뇌출혈로 쓰러져 투병생활을 시작했다고 한다. J의 말이 화근이 된 건지, 아니면 지병이 있었던 건지는 모르겠다고 했다.

"죄책감이 들었지만 생업이 있으니 아버지를 맡아 간호하기는 힘들었어요. 시간 날 때마다 아버지 계시는 시골집에 내려가 간호를 했죠. 하루는 아버지를 간호하다가 잠이 들었는데 이상한 기척이 들리는 거예요. 깜짝 놀라 아버지를 보니 온 힘을 다해 저에게 손짓을 하고 계셨어요. '딸아, 괜찮다, 괜찮아.' 하시면서요."

그 말을 전하는 J의 눈에 눈물이 맺혔다.

"그 말씀이 생전에 아버지가 남긴 마지막 한마디였어요. 저에게 남긴 유언이었죠. 그런데 참 희한하죠. 아버지의 '괜찮다'는 한마디를 듣는 순간, 저는 개그우먼으로서 실패한 제 인생을 받아들이게 됐어요. 그동안은 제가 개그우먼으로서 실패했다는 걸 인정하기 싫었거든요. 그러면 인생의 낙오자, 실패자가 된 것 같았으니까요. 하지만 아버지의 그 말 한마디가 저를 다독여주었어요. 조금 다르게 살아도 괜찮고, 어떤 모습이어도 괜찮다고."

아버지의 유언 같은 한마디가 자신의 부족함을 받아들이고 무너진 삶을 일으켜 세우는 전환점이 되어준 것이다. 그녀는

다르게 살아도, 어떤 모습이어도

지금 개그우먼이라는 직업을 버리고 다른 길을 모색하고 있다.

"조금 힘들기는 하지만 마음은 편해요. 저를 부정하지 않으니까 불행하지도 않고요."

모두가 더 성공해야 하고 더 많은 것을 가져야 한다고 소리 높여 말하는 세상이다. '잘할 수 있다'는 격려마저도 압박감으로 다가온다. 물론 무언가를 끊임없이 모색하고 궁리하고 자신을 채찍질하는 데서 인생의 의미를 찾는 사람도 있다. 하지만 그런 사람만이 인생을 잘살고 있고, 그런 삶만이 가치 있다는 사회의 잣대에서는 벗어나야 한다. 내가 힘들고, 고통스럽고, 불행하면 그건 잘못된 길이다. 나에게 맞지 않는 인생이다. 억지로 해야 할 이유가 없다. 지금까지 "나는 잘할 수 있어"라는 말로 자신을 필요 이상으로 다그쳤다면 이제는 "그만해도 돼." "지금까지 열심히 살아왔으니 이제는 조금 편하게 살아도 돼"라고 말해주어야 한다. 부족함 투성이인 인생이지만 '이제는 괜찮다'고 스스로를 위로해주어야 한다. '괜찮아'라는 말은 사람을 일으킨다. 자신을 인정하고 받아들이게 하는 마법 같은 말이다. 우리는 이미 우리 자신으로 의미 있는 존재다. 삶의 의미는 나의 바깥에서 찾는 것이 아니라 내 안에서 찾는 것이다. 삶의 의미는 내 삶 안에 이미 녹아 있다.

나의 관심이 가장 필요한 건
나 자신

> 십분 만이라도 나만의 소소한 행복을 누리는 이기주의자가 된다면
> 굳이 누군가의 관심과 배려를 갈망하지 않는다.

볼펜으로 선을 그으면 서울에서 부산까지 13회 왕복할 수 있다고 한다. 1년 동안 한 사람이 치는 키보드 자판 수는 8억 6,000만 번이고, 무심코 지나치는 돌멩이 하나에도 순금이 약 0.001그램 섞여 있다고 한다. 한집에서 소유하고 있는 책의 페이지 수는 96억 장이고, 선풍기를 한 시간 동안 켜놓으면 날개는 25억 번 돌아간다고 한다. 이처럼 우리는 알 필요 없는 정보까지 인터넷 검색만 하면 세세히 알 수 있는 정보 과잉 시대를 살아가고 있다.

하지만 정작 알아야 할 것은 잘 모르는 경우가 적지 않다. 특히 나 자신에 대해서는 제대로 아는 것이 없다. 나와 하루 종일 같이 사는 것도, 행복한 삶을 만들고자 노력하는 것도 나 자신이다. 그런데도 나 자신에 대해서는 그다지 궁금해하지 않는다. '나'라는 존재를 잘 안다고 착각하고 있기 때문이다.

곰곰이 생각해보자. 내가 지금 무슨 생각을 하고 있는지, 지금 무엇을 하고 싶은지 정말로 잘 알고 있는가. 그렇지 않을 것이다. 우리는 관성대로 살아가는 경향이 있다. 어제까지 그 일

을 해왔으니 오늘도 그 일을 할 뿐이고, 오늘도 살았으니 내일도 살면 된다고 생각한다. 이렇게 관성의 법칙으로 살다 보면 어느새 관성적인 존재가 되고 만다.

사람들이 하루 동안 가장 많이 머릿속에 떠올리는 질문은 "지금 몇 시지?"라고 한다. 자기 자신은 살피지 않더라도 시간은 살펴야 하기 때문이다. 다른 사람에게 가장 많이 하는 질문이 "너 어디 있니?"라면, 가장 많이 만지는 물건은 휴대전화라고 한다. 휴대전화는 생활필수품을 넘어 거의 신체 일부가 됐다. 생각해보니 내 이야기 같아서 순간 뜨끔해진다. 잠깐 쉬거나 머리를 비워야 할 때 습관처럼 휴대전화를 들여다보는 나를 발견하곤 한다. 나 자신보다 휴대전화에 더 관심을 보이는 내 모습에 서글픈 마음마저 든다.

내가 가장 큰 관심을 가져야 하는 것은 시간도 휴대전화도 아닌 나 자신이다. 내가 나에게 관심을 갖는 순간 나의 하루는 즐거운 24시간이 될 수 있다. 누군가에게 잘 보여야 하고 통제받아야 하는 하루가 아니라 오로지 내가 원하는 삶, 내가 주체적으로 살아가는 하루가 될 수 있다. 내가 나에게 관심 갖는 순간 삶의 질이 달라진다.

은퇴 후 10년 넘게 산에서 혼자 생활하는 한 중년 남성을 만난 적이 있었다. 그는 내가 이제껏 본 사람들 중 가장 멋진 이기주의자였다.

"사람들은 이렇게 깊고 험한 산속에 살면 무섭지 않냐고 물어요. 하지만 전 매일매일이 즐겁습니다. 눈 내리는 겨울이면 한 달 가까이 외출을 못할 때도 있지만, 집에서 할 수 있는 일도 엄청 많아요. 나물이나 약초를 말리기도 하고, 요리도 해요. 책을 읽거나 풍경을 감상하고요. 도시를 떠나 산속으로 오니 생각할 시간이 많아지고, 생각할 시간엔 주로 제 자신에게 집중합니다. 그러면서 저에 대해 많은 것을 알게 됐어요. 내가 뭘 하면 가장 즐거워하는지, 뭘 하고 싶어 하는지…. 집에서 오롯이 제 자신만의 시간을 보낼 수 있어서 너무나 행복합니다."

그의 얼굴은 정말 환하게 빛나고 있었다.

"저는 자주 묵상을 하고 좋은 음악을 들어요. 음식을 만들어 옆집과 나눠먹기도 하고요. 이렇게 사는 제 삶이 부족하거나 모자라다고 느끼지 않습니다. 예전에는 제 자신에게 관심을 가지면 이기적인 사람이 될까 봐 두려웠지만, 지금은 기꺼이 이기적인 사람이 되려 합니다. 내가 행복해져야 타인도 행복하게 만들 수 있으니까요."

무언가에 흠뻑 빠져서 그에 대한 모든 정보를 찾아보고, 읽고, 공부하는 사람을 '덕후'라고 한다. 영화 〈스타워즈〉 덕후, 아이돌 덕후, 역사 덕후, 라면 덕후 등 요즘엔 덕후 대상도 매우 다양해졌다. 일상에 활력을 주고 재미를 스스로 찾아낸다는 점에서 긍정적인 몰입이다. 그런 덕후의 시선을 내 자신에게로 돌려보는 건 어떨까. 지나친 자기애는 나쁘지만, 적당한 자기애는 행복의 지름길이다. 시간과 일에 끌려 다니지 말고, 오늘 하루 해야 할 일들 가운데 가장 즐겁게 할 수 있는 일이 무엇인지부터 찾아내는 게 시작이다.

나는 출근해서 언제나 하는 일이 있다. 나 자신을 위해 커피를 갈고 정성스럽게 드립하는 일이다. 커피를 좋아하는 나는 커피를 내리면서 소소한 행복을 느낀다. 따뜻하게 내린 커피를 마시며 스스로에게 말한다.

'오늘도 이 커피처럼 기분 좋게 살아보자!'

나를 알고 나를 이해하게 되면 일상에 숨어 있는 작은 행복들이 보이기 시작한다. 예전에는 거들떠보지도 않았던 하찮은 일들이 다른 무게로 다가온다. 누군가가 나를 배려하고 내가 원하는 행복을 준비해둘 거라는 기대는 거두는 게 좋다. 하루에 한 시간만이라도, 아니 십분 만이라도 나만의 소소한 행복을 누리는 이기주의자가 된다면 굳이 누군가의 관심과 배려를 갈망하지 않는다. 나 자신이야말로 내가 원하는 행복을 준비하고 실천해줄 수 있는 사람이니까. 나 자신을 배려할 줄 알아야 타인도 배려할 수 있고, 자신을 사랑할 줄 알아야 타인도 사랑할 수 있다. 나의 행복을 책임질 줄 알아야 타인의 행복도 책임질 수 있다.

위대한 조각가는 대리석 덩어리에서도 예술작품의 가능성을 발견하고, 훌륭한 보석 감정사는 원석 덩어리에 속에 숨어 있는 다이아몬드를 찾아낸다. 내면에 이미 행복이 깃들어 있음을 아는 사람들은 사소하고 보잘것없는 것들도 빛나는 보석으로 바꿀 수 있는 능력이 있다. 멋있는 이기주의자란 자신의 마음속 행복을 찾아내어 자신만의 보석으로 갈고 닦을 줄 아는 사람이다.

지금의 나를 힘껏
안아주어야 할 때

> 한없이 지쳐버린 나를 모른 체하며, 때로는 억지로 다그치며
> 끌고 살아온 것 같아 나 자신에게 너무 미안했다.

2014년 여름, 한 달 동안 안식월이 주어졌다. 그동안 하고 싶었던 일과 가보고 싶었던 곳이 참 많았는데 모처럼 기회가 주어지니 신중해질 수밖에 없었다. 이전과 다르게 시간을 보낼 수 있는 곳, 내가 나를 만나 대화하고 나와 화해할 곳은 어디일까 한참을 고민한 끝에 선택한 곳은 다름 아닌 산티아고 순례길이었다.

물론 쉽게 결정할 일은 아니었다. 한 달 동안 10킬로그램이 넘는 등짐을 지고 하루 종일 걸어야 하는 일정은 50이 넘은 나에게 쉬운 도전은 아니었다. 하지만 그 고행 끝에 분명 얻을 것이 있으리라 확신하며 나는 짐을 꾸렸다.

순례길을 가다 보면 버스 타는 사람들이 의외로 많다. 서너 시간 걸어야 하는 길을 30분 만에 갈 수 있기 때문이다. 두 발로 땅을 지탱하며 걸으려고 온 순례길에서 차를 타는 건 본질을 놓쳐버리는 행위다. 순례자가 아닌 관광객이 되어 그 길을 경험해보고 싶은 가벼운 마음이라면 모를까, 산티아고 순례길의 진정한 가치를 알고 싶다면 버스나 자가용 같은 문명의 이

기에서는 벗어나는 게 좋다.

사실은 나도 너무 힘든 나머지 '딱 한 번만 버스를 탈까?'라고 생각했던 순간이 있었다. 하지만 한 번 버스를 타기 시작하면 힘들 때마다 계속 버스를 타게 될 것만 같았다. 그러려고 이고행 길을 택한 것이 아니기에 나는 순간의 유혹을 견뎌냈다.

의지가 강하고 목적의식이 뚜렷한 사람이라 할지라도 순례길은 만만하지 않다. '목적지만 생각하면서 마냥 걸으면 되는 거 아니야?'라고 쉽게 생각할 수도 있지만 혼자 걷다 보면 지치고 힘든 순간이 반드시 찾아온다. 그럴 때 같이 걷는 마음 지킴이가 있으면 큰 위안이 된다. 한번은 영국에서 유학 중인 한국인 젊은이에게 같이 걷자고 청했다. 길을 걸으면서 몇 번 마주친 적이 있는 친구였는데, 볼 때마다 진중해보이고 자기 관리를 잘한다는 인상을 받았다.

순례길을 걷기 시작한 첫날, 프랑스 생장피에드포르Saint-Jean-Pied-de-Port의 한 공원에서 그 친구는 내게 자신의 이야기를 털어놓았다.

"유학생활이 조금 힘들어요. 영국에 계속 남아서 공부를 해야 할지, 아니면 한국으로 돌아갈지 결정하기 위해서 왔어요."

그 학생은 인생의 큰 결정 앞에서 고민하고 있었다. 하지만 내 생각은 조금 달랐다.

다르게 살아도, 어떤 모습이어도

"결정하러 온 게 아니라 자기 자신을 설득하러 온 거 아니에요? 마음속에서는 이미 결정을 한 것 같은데요. 결정을 내릴 때는 오랫동안 고민하지 않거든요."

내 말에 그 친구는 깜짝 놀라며 공감했다. 그 후로 그 친구는 많은 고민을 내게 털어놓았고, 나의 든든한 마음 지킴이가 되어주었다. 자신의 이야기를 들어주는 사람과는 함께 길을 가도 좋겠다고 생각한 모양이었다.

그 친구와 동행하기는 했지만 하루 종일 같이 다니면서 모든 시간을 함께 보내지는 않았다. 그러면 내 자신을 대면하고 싶다는 애초 순례길의 목적에 어긋날 수도 있어 우리는 따로 걸은 뒤 만나자고 미리 이야기한 알베르게에서 만나 저녁 시간을 같이 보내며 하루를 정리했다. 길을 떠나는 아침에는 출발 시간도 달랐다. 나는 늘 그 친구보다 더 일찍 숙소를 떠났다. 그랬는데도 다음 알베르게에는 항상 그 친구보다 늦게 도착했다. 시간이 지날수록 걸음이 느려진 탓도 있지만, 천천히 걸으며 풍경을 감상하거나 멍하니 앉아 있다가 사진을 찍기도 하는 등 서두르지 않고 걸었기 때문이다.

그렇게 도착한 알베르게에서 그 친구와 같이 저녁밥을 해먹고 이야기를 나누며 시간을 보냈다. 하루 동안 혼자 걸으며 쌓였던 고독을 씻어내는 시간이었다. 모든 일정을 같이한 건 아니지만 누군가 나를 보호해주고 함께해주는 한 사람이 있다는 건 생각보다 든든했다.

우리는 알베르게를 선택할 때 나름의 기준을 정했다. 첫째, 베드버그가 없는 새로 건축한 알베르게를 택할 것. 둘째, 주방이 있어서 밥을 해먹을 수 있는 곳을 택할 것. 아니면 아침을 주는 곳도 괜찮다. 나는 배고플 것을 대비해 주먹만 한 천도복숭아를 두 개씩 가지고 다녔다. 샌드위치 가게가 나타나면 샌드위치를 사먹었지만 여의치 않을 땐 천도복숭아로 점심을 때웠다. 어떤 날은 둘이서 좋은 레스토랑에 가기도 했다. 열심히 걸은 나와, 함께 걸어준 친구에게 주는 선물이었다.

스페인의 풍요로움과 맛있는 음식을 만끽하고 나면 광장 의자에 앉아 햇볕을 쬐며 휴식을 취했다. 어떤 날은 참치 캔과 바게트 빵, 치즈버터를 사서 광장에 앉아 샌드위치를 만들어 먹기도 했다. 아무 거리낌 없이 그런 생활을 하고 있는 나를 볼 때마다 참 재미있다는 생각을 했다.

'이렇게 어디에도 얽매이지 않고 자유롭게 살아갈 수도 있겠구나. 피곤하면 아무 데나 등을 대고 누울 수 있고, 아무 데서 쉴 수도 있고….'

말 그대로 자유로움을 마음껏 누리는 새롭고 행복한 하루하루였다.

다르게 살아도, 어떤 모습이어도

하지만 가끔 절대 고독의 시간이 찾아왔다. 길 위를 걷는 사람이라곤 나밖에 없을 때가 그랬다. 화살표 방향이 애매모호해서 어디로 가야 할지 판단이 서지 않을 때도, 한 방향을 선택해서 끊임없이 걷는데 사람 하나 보이지 않을 때도 그랬다. 그럴 때면 정말 감당이 안 될 만큼의 고독이 밀려왔다. 하지만 그 시간을 두려워하면 안 된다. 절대 고독의 시간에 비로소 온전히 자기 자신을 만날 수 있기 때문이다. 나의 내면을 깊이 이해하면서 나와 대화를 나눌 수 있는 시간이 바로 그 순간이기도 하다.

나는 그런 절대 고독의 시간이 찾아올 때마다 나와 대화를 나누었다. 때로는 속으로, 때로는 소리 내어. 그러다 앉아서 울기도 하고 멍하니 하늘도 바라보았다. '그래. 그때 참 잘했어. 어떻게 그런 생각을 할 수 있었니'라며 나 자신을 위로하기도 했다. 한번은 주저앉아 가슴을 치며 눈물을 흘렸다. 살면서 잘못한 일이 수없이 스쳐 지나갔다. 너무 열심히 산 것이야말로 내가 가장 잘못한 일이라는 생각이 들었다.

"눈썹이 휘날린다." "발바닥 타는 냄새가 난다"는 말이 있다. 그 말처럼 나는 너무도 많은 것을, 너무도 열심히 하며 살아왔다. 그러지 않아도 될 것들까지도 무조건 열심히 하며 살아왔다. 그 덕분에 많은 것을 이루었지만 그렇게 살았기에 많은 것을 잃기도 했다. 길을 걸으며 이제는 조금 천천히 걸어도 된다고 생각했다. 천천히 간다면, 쉬었다 간다면 지치지 않고도 멀리까지 갈 수 있는데 그걸 모르고 살았다. 한없이 지쳐버린 나를 모른 체하며, 때로는 억지로 다그치며 끌고 살아온 것 같아 나 자신에게 너무 미안했다. 그런 생각들이 가슴에 넘쳐나 한참을 울었다.

이런 순간을 두세 번 경험하고 나니 산티아고 순례길은 내게 치유의 시간으로 다가왔다. 어쩐지 새로운 나, 또 다른 나로 다시 태어난 것처럼 마음이 하얗고 평온해졌다.

지금까지 나는 정글숲을 헤치며, 정글칼로 없는 길을 만들며 힘겹게 걸어왔다. 하지만 산티아고 순례길을 걷는 동안 인생은 길을 만들며 가는 게 아니라는 사실을 깨달았다. 주어진 길을 받아들이며 천천히 걸어가는 것이 인생이라는 생각이 들었다.

산티아고 순례길을 다녀온 뒤 나는 많은 것들을 내려놓았다. 강의도 다 그만두었고 일도 많이 줄였다. 지금도 나는 이것이 인생에서 가장 잘한 결정 중 하나라고 생각한다. 그렇게 쉬어가면서 지금까지 열심히 살아온 나를 힘껏 안아주고 위로하고 격려해주었다. 그렇게 매시간을 나를 위한 시간으로 채우니, 내 주위의 소중한 것들도 한층 더 소중하게 다가왔다. 하나를 버리니 열이 왔다.

다르게 살아도, 어떤 모습이어도

남의 속도가 아닌
나만의 속도로

> 나는 나만의 시간으로 간다. 누군가의 시간을 보면서 가는 게 아니라 온전히 나의 시간으로 살아가는 것이다.

얼마 전 박사학위를 마친 I를 만났다. 자신의 정체성을 찾고 싶어서 박사 공부를 시작한 그였는데, 박사학위를 마친 후에도 어쩐지 만족스럽지가 않다고 고백했다.

"10년 넘게 고생하며 공부해 학위를 마쳤는데 달라진 게 없더라고요. 내가 하고 싶은 공부를 하다 보면 내 정체성을 찾을 수 있을 거라 생각했거든요. 그런데 정체성을 찾기는커녕 삶의 좌표마저 잃어버린 것 같아요. 앞으로 어떻게 살아야 할지 모르겠어요."

I는 꿈꾸던 박사학위만 있으면 원하는 것은 무엇이든 이룰 수 있고, 자신의 정체성도 찾을 수 있을 거라고 생각했다고 한다. 하지만 삶의 목표가 삶의 목적이 될 수는 없다.

요즘 텔레비전이나 인터뷰 기사를 보면 "롤모델이 누구냐?"는 질문이 자주 등장한다. 연예인, 운동선수, 정치인, 어린이들에 이르기까지 대상을 가리지 않고 물어본다. 이 질문을 받은 사람들은 대개 역사 속 인물이나 유명인사의 이름을 말한다.

나 역시 젊은 시절 따라하고 싶은 롤모델이 있었다. 그 사람에 대한 동경심 때문에 심지어는 비슷한 옷을 입고 비슷한 어투로 말하기도 했다. 그렇게 하면 정말 그를 닮아가는 듯한 느낌이 들었다. 하지만 얼마 지나지 않아 깨달았다. 외양은 비슷해질 수 있지만, 내면의 본모습은 같아질 수 없다는 사실을.

롤모델이라는 건 애초에 가능하지도 않고 가능하다 한들 부질없는 것이다. 누군가와 똑같은, 또는 비슷한 인생을 살 수도 없을 뿐더러, 그렇게 한다는 건 원래 내가 갖고 있던 나만의 본질을 잃는다는 뜻이기 때문이다. 아무리 흉내 내고 따라잡으려 애를 써도 나는 나의 롤모델과 똑같은 인생을 살 수 없다.

나는 나만의 개성과 본질과 정체성을 가진 이 세상에 하나밖에 없는 존재다. 인생을 살아가는 방식과 생각의 방향, 대처 능력과 인생의 목적의식이 다 다르다. 그러니 누구처럼 비슷하게, 혹은 똑같이 살 수 없다. 물론 롤모델이 이룬 성취를 엇비슷하게 이룰 수 있을지는 모른다. 하지만 거기까지 가는 과정은 다 다르다. 누군가에게는 그 시간이 10년이 걸릴 수도 있고, 누군가에게는 2년이 될 수도, 다른 누군가는 어쩌면 영원히 도달하지 못할 수도 있다.

롤모델은 존중해야 하는 존재이지 흉내 내거나 따라가야 하는 존재가 아니다. 그런데도 롤모델처럼 되고 싶은 이유는 자신만의 삶의 목적이 없거나 분명하지 않기 때문이다. 삶의 목적이 분명하다는 것은 내가 누구이며 어디에서 와서 어디로 가고 있는지 이해하고 있음을 뜻한다. 삶의 목적은 태어나는 순간 정해지는 것도 아니고 다른 사람에 의해 주어지는 것도 아니다. 살아가면서 겪게 되는 실패와 시행착오, 고난과 고통을 통해 서서히 완성된다.

나는 나만의 시간으로 간다. 누군가의 시간을 보면서 가는 게 아니라 온전히 나의 시간으로 살아가는 것이다. 누군가는 스무 살에 부와 명예를 갖겠지만, 누군가는 일흔이 넘어서야 자신의 분야에서 일가를 이루기도 한다. 누군가는 100미터 단거리 달리기에 강하지만 누군가는 중거리에, 다른 누군가는 장거리에, 또 다른 누군가는 마라톤에 강하다. 누군가는 젊은 시절 성공하고 자취를 감추지만, 누군가는 40년 동안 무명으로 살다가 늦게 꽃을 피워 죽을 때까지 이름을 날리기도 한다.

일명 '모지스 할머니'로 유명한 미국 포크아트의 일인자 애나 메리 로버트슨 모지스Anna Mary Robertson Moses도 자기만의 보폭으로 자기만의 시간을 산 인물이다. 열일곱 살에 결혼해서 열 명의 아이를 낳고 그중 다섯 명의 아이를 잃는 아픔을 겪으며 모진 세월을 살아온 모지스는, 67세가 되던 해에 남편마저 여의면서 가족의 생계를 떠맡는다. 배운 것도, 가진 것도 없는 모지스는 자신이 가장 잘할 수 있는 자수를 팔아 가족을 부양한다. 하지만 관절염으로 이마저도 할 수 없게 되자 바늘 대신 붓을 잡는다. 한 번도 그림을 배워본 적이 없었지만 모지스는 주저하지 않았고 과감하게 도전한다. 그의 나이 76세 때였다.

진심은 통하는 것일까. 세상을 바라보는 소박하고 따뜻한 시선이 담긴 아기자기한 모지스의 그림은 곧 사람들의 눈에 띄기 시작하고, 한 컬렉터의 눈에 들어 세상에 공개된다. 모지스가 첫 전시회를 연 나이는 80세. 그리고 세계적으로 이름을 날리기 시작한 건 100세였다.

다른 사람과 자신을 비교하면서 나는 왜 저 사람처럼 어린 나이에 성공하지 못하고 이 나이가 되도록 이렇게 지지부진할까 자꾸 자신을 책망하게 된다면 모지스의 그림을 보길 바란다. 70세가 훌쩍 넘어 그림을 그리기 시작한 모지스의 그림 안에는 모질게 살아왔지만 정직하고 성실하게 살아온 그의 인생이 오롯이 담겨 있다. 자신에게 주어진 삶을 순리대로 살아온 사람이 가진 따뜻한 감성이 보는 사람의 마음까지도 촉촉하게 적신다.

101세의 나이로 세상을 떠날 때까지 1,600여 점의 작품을 남긴 모지스는, 남의 삶을 부러워하고 남의 삶을 기준으로 삼으려는 우리에게 말한다. "너의 시간, 너만의 시간을 살라"고.

사람들이 자꾸 누군가를 롤모델로 삼으려는 건 목표와 목적

다르게 살아도, 어떤 모습이어도

을 혼동하기 때문인지 모른다. 목표와 목적은 다르다. 목표는 짧은 시간 안에도 이룰 수 있지만, 목적은 긴 시간과 노력이 필요하다. 자신만의 살아가는 목적을 찾아내고 평생 지켜야 할 삶의 가치를 발견하는 일은 그래서 중요하다. 자신만의 삶의 목적을 분명히 알게 될 때 누구처럼 사는 것이 아니라 내가 살고 싶은 모습으로 살 수 있기 때문이다.

삶의 목표와 삶의 목적을 분명히 구분할 줄 아는 사람은 돈 자체보다 돈이 주는 여유로움을 추구하고, 사랑이라는 감정 자체보다 사랑하는 사람과 주고받는 따뜻한 관계의 소중함을 추구한다. 삶의 목적은 눈에 보이지 않는 본질적인 것을 추구하도록 이끌고, 용기를 가지고 가치 있는 일에 도전하고 전념하게 도와준다.

중년기에는 많은 변화가 닥친다. 몸도 예전 같지 않고, 사회적 위치도 달라지며, 생각도 많아진다. 책임져야 할 것은 많지만 사회에서는 어쩐지 자꾸만 밀려나는 것 같다. 삶의 뿌리를 흔드는 위기가 수시로 닥쳐온다. 변화와 위기 한가운데 있을 때에는 끝이 보이지 않아 막막하기만 하다. 다행히 끝이 보인다 해도 거기까지 얼마나 가야 할지, 또 어떤 예기치 못한 난관이 발목을 잡을지 알 수가 없다. 그런 위기가 닥쳐올 때마다 자신의 시계를 들여다보아야 한다. 목표를 따라가지 말고 목적을 따라간다면 조금 흔들리고 넘어질지라도 다시 일어나 걸을 수 있다.

나에겐 나만의 속도가 있다. 남의 속도가 아닌 나만의 속도로 걸어야 지치지 않고 오래 걸을 수 있다.

다르게 살아도, 어떤 모습이어도

인생은 한 번뿐이지만
여러 번 다시 태어날 수 있다

크게 성공한 사람은
더 많이 실패한 사람이다

> 과거의 실패를 떠올리며 두려움에 떨거나 반대로 시련을 우습게 보고 허풍을 떤다면, 시련과 고난을 헤쳐 나갈 수 없다.

지인 중에 기계 설계를 하는 Y가 있다. 그는 개발하고 싶은 기계 장치가 있으면 순간순간 종이에 메모를 하고 모형을 그려본다고 했다. 생각대로 설계되지 않는 경우도 많고 설계했던 기계가 항상 잘 작동되지도 않는다. 실패작이 많아서 속이 상할 때도 많지만, 기계가 잘 돌아가는 모습을 보고 싶어서 즐거운 마음으로 다시 설계에 임한다고 했다.

"제가 하는 일은 바로 성공하는 경우가 거의 없습니다. 잘못된 설계를 해서 수없이 실패하고, 또다시 실패하다 보면 지혜와 기술을 터득하게 되죠. 그런 실패의 경험으로 새로운 것을 만들어내는 거예요. 그러다 보면 한 번쯤 성공작이 나오기도 합니다. 주위에서는 운이 좋아 성공했다고 말하지만 저는 개의치 않아요. 저는 정말 수많은 실패작을 봤어요. 그럴 때마다 사람들은 '그게 되겠냐?' 하면서 비아냥거렸고요. 그런 말에도 신경 쓰지 않았습니다."

나는 Y의 의연함이 부럽기도 하고 놀랍기도 해서 되물었다.

"어떻게 그렇게 뚝심 있게 밀어붙일 수 있어요? 자꾸 실패하면 아무리 대범하고 강직한 사람도 흔들리잖아요. 주위에서 수군거리면 더 주눅이 들고요."

"솔직히 저도 흔들릴 때가 있죠. 주위 시선이 아예 신경 쓰이지 않는다면 거짓말일 거예요. 하지만 금방 툴툴 털고 일어나 다시 시작합니다. 이 일이 재밌기도 했고, 꼭 성공해야 한다는 조급증 같은 것도 없으니까요. 다른 사람들보다 특별난 건 없습니다. 그저 다시 시작할 수 있는 힘과 용기가 있을 뿐이에요."

현재 Y는 자신의 발명품들로 특허를 다수 출원한 상태다. 실패를 긍정적으로 받아들여 성공에 이른 사례다.

위인 중에는 실패한 인생이라거나 실패한 사람이라고 손가락질 받던 사람이 많다. 학교에서 낙제를 하거나 이른바 '왕따'처럼 아무에게도 인정받지 못했던 사람들도 많다. 위인전이나 평전을 읽다 보면 세상에 이름을 알리려면 처음부터 인정을 받으면 안 되나 보다 싶은 생각이 들 정도다. 딱 한 번 도전했는데 성공하거나, 아무 생각 없이 일을 시작했는데 그것이 단 번에 인정받는 경우는 거의 없다. 우리가 천재라고 부르는 사람들 또한 다 실패해봤던 사람들이다.

부모의 무관심 속에서 유모의 손에 자란 한 소년의 이야기를 들어보자. 그 아이는 어린 시절 내내 끔찍한 우울증을 앓았고, 머리가 둔하고 재주가 없다는 이유로 친구들에게 심하게 왕따를 당하기도 했다. 낙제는 기본이었다. 열여섯 살 때는 "이 아이는 전혀 가망이 없습니다"라는 말을 듣기도 했다. 이 딱한 소년은 누구일까. 윈스턴 처칠Winston Churchill이다.

이런 인생은 어떤가. 여덟 번이나 선거에서 패배한 정치인이다. 사업에도 두 번이나 실패해서 17년 넘게 빚을 갚느라 고생했다. 개인사도 고통스러웠다. 약혼녀가 갑자기 사망하는 바람에 신경쇠약으로 고통받기도 했다. 여기까지 들으면 어떻게 이렇게 하는 일마다 안 될까 안타까울 지경이다. 수없이 실패한 그의 이름은 에이브러햄 링컨Abraham Lincoln이다.

성취한 결과만 놓고 보면 처칠과 링컨은 행운아로 여겨질 수도 있다. 성취를 거두기 전까지 그들의 인생은 불운과 실패의 연속이었기 때문이다. 하지만 운이나 행운이라고 그들의 성취를 폄하하기에는 그들의 용기와 노력이 위대했다. 그들이 특별한 이유는 불운과 실패에 굴하지 않고 오랜 노력과 시행착오 끝에 다시 일어섰다는 점이다.

겉으로 보기에는 운이 좋아 쉽게 사는 것처럼 보여도 쉽게 사는 사람은 없다. 내 인생이 아닌 다른 사람의 인생이기에 쉬워 보일 뿐이다. 사람은 누구나 자신만 유난히 힘들고 어렵게 산다고 생각한다. 자신만 인생에서 계속 고배를 마시고 실패한다고 생각한다. 다른 사람은 쉽게 어떤 단계에 도달하는 것 같고, 별로 노력하는 것 같지도 않은데 성공하는 것 같다. 다른 사람보다 더 힘들고 어렵게 노력하고 일하는데 자신만 이렇게 각박하게 사는 것 같다.

그렇지 않다. 다른 사람이 성취를 위해 기울인 노력과 수고와 고생을 잘 알지 못하기에 쉽게 하는 말이다. 그리고 그들의 실패를 보지 않고 성공만 보기에 할 수 있는 생각이다. 성공한 사람은 남들보다 더 많이 실패한 사람이다. 많은 실패 속에서 깨달은 실패하지 않는 비결을 밑거름 삼아 성공에 이른 것이다. 실패를 해봐야 성공하는 법도 안다. 물론 실패는 되도록 하지 않는 것이 좋다. 작은 실패도 뼈아프게 여겨질 수 있고 실패를 만회하기 위해서는 더 많은 노력을 기울여야 하기 때문이다. 하지만 실패가 나쁜 것만은 아니다. 실수와 실패가 발생했을 때 무시하거나 그대로 지나치지 않고, 이유가 무엇이고 해결책은 무엇인지 헤아리면 더 큰 실패를 예방할 수도, 성공을 이룰 수도 있다.

미국의 저명한 정신과 의사인 에이브러햄 J. 트워스키Abraham J. Twerski는 《좋은 것부터 먼저 시작하라When do the good things start?》라는 책에서 자존심이 약한 사람을 두 가지 유형으로 나누었다. 하나는 자신을 실패작으로 여기는 사람이다. 결과가 좋은 일은 아예 잊은 채 오직 실패만 기억한다. 심지어는 자신을 실패하기

다르게 살아도, 어떤 모습이어도

위해 태어난 불운한 사람으로 비하하기도 한다.

다른 하나는 자신을 뛰어난 성공작으로 간주하는 사람이다. 자신을 실수와 실패를 전혀 하지 않는 사람으로 좋게만 생각한다. 행여나 실수라도 하면 핑계 대기에 바쁘고, 곧잘 다른 사람을 헐뜯고 무시한다. 하지만 이런 자신만만한 사람들도 때론 남들에게 사랑받지 못하는 건 아닌가 잠재된 불안감을 보인다.

자신을 실패작으로 여기는 사람과 성공작으로 여기는 사람은 겉으로는 정반대 성향으로 보이지만, 중요한 공통점이 있다. 실패를 무조건 나쁜 것으로 여긴다는 점이다. 실패하기를 즐기는 사람은 없으며 실패할 때마다 뼈아픈 상처가 남는 건 사실이다. 하지만 과거의 실패를 떠올리며 두려움에 떨거나 반대로 시련을 우습게 보고 허풍을 떤다면, 시련과 고난을 헤쳐 나갈 수 없다.

나 또한 실패의 교훈을 무시했다가 큰 낭패를 본 적이 있다. 오래전 퇴직 남성을 주제로 박사 논문을 쓴 적이 있다. 그때 설문지를 잘못 설계한 탓에 백 명이 넘는 사람들을 대상으로 어렵게 조사한 설문 결과를 모두 쓰레기통에 버려야 하는 실패를 경험했다. 그 후 몇 달 동안 다시 설문지를 설계하느라 꽤나 고생했던 기억이 있다. 초기에 문제점을 빨리 찾아냈다면, 그때 내 잘못을 인정하고 문제점을 보완한 설문지를 설계했다면 다시 처음으로 돌아가 설문지를 설계하지 않아도 되었을 것이다.

물론 실패가 반드시 성공으로 이어지지는 않는다. 노력한다고 해서 다 성공하지 않는 것처럼 말이다. 실패를 지나치게 두려워할 필요는 없지만 중년에 이르러 너무 크게 실패하면 재기가 어려울 수도 있다. 실패를 감내하기엔 우리에게 주어진 현실이 녹록치 않다. 한 해 퇴직하는 남성들이 80만 명에 이른다고 한다. 퇴직한 이들이 가장 많이 도전하는 일이 식당이나 편의점을 여는 것이다. 하지만 쉽게 도전하는 만큼 폐업하는 비율도 매우 높다. 그러다 보니 퇴직금을 모두 날려 살던 집을 내놓거나 빚을 갚기 위해 투잡, 스리잡을 뛰는 사람들도 있다. 만일 편찮으신 부모님과 공부할 나이의 자녀들이 있는 중년 가장이라면 실패의 여파는 훨씬 혹독하다.

그동안 살아오면서 한 번도 쉽게 이뤄본 적 없고 그냥 얻어낸 일 또한 없었을 것이다. 중년이 된 지금에 와서 돌아보면 더 절실히 깨닫게 되는 인생의 진리다. 실패하기를 두려워하지 말라는 뜻은 어떤 일이든 하고 싶다면 무작정 시작하라는 게 아니다. 꼼꼼하게 설계하고 계획을 세워 도전하고, 그랬는데도 실패했을 때 주저앉지 말라는 뜻이다. 실패가 끝이 아니라 또 다른 시작이고, 실패에서 성공의 씨앗을 찾으면 된다는 뜻이다.

억울하고 치사하지만 우리 인생은 아무것도 그냥 주지 않는다. 지금까지 이토록 열심히 살았으니 한 번쯤은 요행이나 행운을 줘도 좋으련만 그런 법은 거의 없다. 인생의 중·후반전역시 마찬가지다. 어떻게 되겠지 하며 막연하게 생각해서는 곤란하다. 용기 있게 도전하되, 가장 작게 실패할 수 있도록 준비해야 한다. 그것이 인생 중반전을 뛰는 중년들에게 해줄 수 있는 가장 현실적인 조언이다.

말이 달라지면
사람이 온다

말은 행동을 부르고 행동은 운명을 바꾼다.
말 한마디에 우리의 운명을 결정하는 힘이 담겨 있다.

:

"힘들어죽겠어."

"정말 못해먹겠네."

"짜증나 죽을 것 같아."

"정말 되는 일이 하나도 없군."

내가 아는 L은 이런 말을 입에 달고 산다. 입만 열면 부정적인 말이 쏟아져 나온다. 옆에서 듣고 있자면 내 에너지까지 부정적으로 바뀌는 기분이 들 정도다. 항상 그렇게 부정적인 말만 해서 그런 걸까. 그는 정말 되는 일이 없었다. 고난과 고생의 연속이었다. 사업에도 여러 번 실패했고 가족과의 관계도 파탄났다. 너무 힘들어하는 그를 도와주고 싶은 마음에 가까이 지내보려 했지만 시간이 갈수록 거리를 두고 피하게 되었다. 그의 부정적인 감정이 나에게도 고스란히 옮겨오는 것 같았기 때문이다.

그런데 L과 함께 지내면서 가까이에서 보니 그의 말버릇처럼 그에게 짜증나고 힘든 일만 일어나는 건 아니었다. 잘되는 일도 있었다. 내가 보기엔 충분히 기뻐하고 행복하게 여길 만한 일이었는데도 그는 그 행복을 전혀 느끼지 못했다.

"그렇게 열심히 했는데 이 정도 성과밖에 안 나다니, 정말 힘들고 짜증나. 왜 이렇게 되는 일이 없지? 죽어라 고생만 하고 돌아오는 건 없어."

L은 기쁜 일이 있어도 기뻐할 줄 모르는 사람이었고, 어떤 일을 성취해도 생각만큼 잘되지 않았으니 실패했다고 생각하는 사람이었다. 이뿐만이 아니었다. L은 다른 사람이 잘되는 것을 보면 실력이 좋아서가 아니라 운이 좋아서라고 비아냥댔다.

"저 친구는 정말 운이 좋아. 항상 노력한 것보다 잘된단 말이지. 나는 저 친구보다 열 배는 더 노력하는데 늘 이 모양이고, 저 친구는 저렇게 설렁설렁해도 항상 기대 이상의 성과를 얻어. 인생 참 불공평해."

L은 늘 다른 사람의 성공을 깎아내렸다. 진심으로 축하해주지는 못하더라도 적어도 그 성과를 깎아내릴 필요는 없지 않은가. 심지어 그는 오랜 친구들에게도 마음을 열지 못하고 그들을 모두 경쟁자로 여겼다.

"네가 이번에 성공했다는 그 계약 말야. 사실은 그렇게 어려운 것도 아니야. 나도 예전에 비슷한 계약을 따낸 적이 있어서 알아. 너 정도 되는 연차라면 그 정도는 쉽게 할 수 있는 일이지, 안 그래?"

다르게 살아도, 어떤 모습이어도

그가 가진 부정적인 말의 에너지가 끼치는 폐해는 너무 컸다. 나를 비롯해 주변 사람들은 서서히 그에게서 멀어져갔고 결국엔 가족들도 그의 곁을 떠났다. 정확하게 말하면 사람들이 그를 떠나간 것이 아니라, 그가 사람들이 자신을 떠나가도록 상처를 주며 밀어낸 것이다. 아무도 그를 견뎌낼 수가 없었다. 얼마 전에 들으니 L은 또다시 사업에 실패했다고 한다. 안타까운 마음이지만 그는 누구의 말도 듣지 않으니 도와줄 수도 없는 노릇이다.

우리가 하는 말에는 위대한 힘이 담겨 있다. 습관처럼 하는 말 한마디가 지금 살아가는 모습과 앞으로의 운명을 결정한다. 긍정의 말이나 감사의 말을 할 때 우리 인생은 긍정적이고 감사해할 일들로 넘쳐난다. "고마워." "괜찮아." 같은 말들은 고마워하거나 괜찮은 일들을 가져오고, 부정하고 비난하는 말을 할 때는 부정적이고 비난 일색의 삶을 살게 된다. "그건 아니야. 네가 틀렸어." "네가 잘못했잖아." 같은 말들은 주위 사람들의 마음을 다치게 하고 위축시킨다. 사람들은 상처받으면 자신을 지키기 위해 보호막을 친다. 그리고 더 상처받지 않기 위해 상처 주는 사람을 멀리한다. 말한 사람의 의도 따위는 중요하지 않다. 아무리 "너 잘되라고 하는 소리야"라는 말로 변명해봐야 부정적이고 비난하는 화법은 다른 사람에게 상처만 남긴다.

한 번 뱉은 말이 어떤 결과를 가져오는지 보여주는 재미있는 이야기가 있다.

신이 하루는 소를 만들고 소에게 이렇게 말씀하셨다.

"너는 60년을 살아라.

하지만 사람들을 위해 평생 일만 해야 한다."

그러자 소가 말했다.

"그러면 저는 30년은 버리고 30년만 살겠습니다."

다음으로 신은 개를 만들고서 말씀하셨다.

"너는 30년을 살아라. 단, 사람들을 위해 평생 집만 지켜라."

"그러면 저는 15년은 버리고 15년만 살겠습니다."

이어서 신은 원숭이를 만들었고, 원숭이에게 말씀하셨다.

"너도 30년을 살아라.

하지만 사람들을 위해 평생 재롱을 떨어야 한다."

"저도 15년은 버리고 15년만 살겠습니다."

마지막으로 신은 인간을 만들었다.

"너는 25년만 살아라.

다만 너에게는 생각할 수 있는 머리를 주겠다."

그러자 인간이 말했다.

"그럼 저에게는 소가 버린 30년과 개가 버린 15년, 원숭이가

다르게 살아도, 어떤 모습이어도

버린 15년도 함께 주십시오."

이런 이유로 사람은 25세까지는 주어진 시간을 그냥저냥 살고, 소가 버린 30년 동안은 일만 하고 살고, 개가 버린 15년 동안은 퇴직하고 집 보면서 살고, 원숭이가 버린 15년 동안은 손자손녀 앞에서 재롱을 떨며 산다고 한다.

인간이 한 번 뱉은 말이 인간의 평생을 결정했다는 이야기인데, 평소에 생각 없이 주고받는 말이 인생에 얼마나 큰 영향을 끼치는지 우회적으로 보여주는 이야기다.

'셀프 핸디키핑Self-handicapping(구실 만들기)'이라는 심리학 용어가 있다. 실패했을 때를 대비해 미리 자신에게 핸디캡, 즉 불리한 조건을 달아두고, 결과가 좋지 않으면 그걸 핑곗거리로 삼는 자기방어법이다. 타인의 평가에 예민하고 자존감이 낮은 사람들에게서 많이 볼 수 있는 방어기제다. 가령 시험 전이나 중요한 일을 앞두고 있을 때 '몸이 안 좋다'는 말을 자주 하는 것이다. '감기에 걸렸다.' '잠을 못 잤다.' '컨디션이 나빠 오늘 일을 망칠 것 같다'는 말도 단골 레퍼토리다. 일이 잘 안 되거나 잘못될 경우를 대비해, 또는 일의 책임이 자신에게 돌아오는 것을 막기 위해 몸이 안 좋아서라는 변명을 미리 준비해두는 것이다.

그런데 반대로 생각해볼 수도 있지 않을까. 일이 잘못될 경우를 대비해 셀프 핸드키핑을 한다고 생각하지만, 사실은 부정적인 변명의 말 때문에 일이 잘못될 수도 있는 건 아닐까. 노력해도 모자랄 시간에 아직 나오지도 않은 결과에 대해 변명하고 책임을 회피하기 위한 구실을 만들고 있다면, 잘되어 가는 일이라 해도 마지막까지 잘될 리가 없다. 더 큰 문제는 셀프 핸디키핑이 나 혼자의 문제로 끝나지 않는다는 점이다. 주변 사람들에게도 영향을 미쳐 노력하고 싶은 의욕을 잃게 만든다. '어딘가 안 좋은' 그 사람을 위해 내가 더 많이 노력해야 할 것 같은 부담감도 안겨준다. 내가 의미 없이 뱉는 구실의 말들이 나뿐만 아니라 타인에게도 안 좋은 영향을 미칠 수 있으니 그 결과는 부정적일 수밖에 없다.

물론 올바른 행동을 먼저 했기에 그로 인해 올바른 말과 올바른 생각이 올 수도 있다. 하지만 평소에 우리가 가장 먼저 하는 건 행동보다는 생각이고 말이다. 생각과 말이 어떤 행동을 하게 만드는 바탕이 된다는 뜻이다. 말의 힘은 우리가 생각하는 것보다 훨씬 크다. 말은 행동을 부르고 행동은 운명을 바꾼다. 말 한마디에 우리의 운명을 결정하는 힘이 담겨 있다.

집에서 키우는 화초도 가까이 다가가 자주 말을 걸어주면 더 싱싱하게 자란다고 한다. 화초뿐만이 아니다. 개나 고양이 같은 반려동물과도 친구처럼 다정하게 대화를 많이 나누면 반려동물의 지능이 높아지고 수명도 길어진다고 한다.

사람 자체를 바꾸는 일은 어렵다. 하지만 말은 내 의지로 얼마든지 바꿀 수 있다. 내 기분을 거르지 않고 그대로 남에게 전달하는 부정적인 말, 생각하지 않고 직설적으로 내뱉는 말, 다른 사람의 감정은 아랑곳하지 않고 자기감정만 퍼붓는 말, 남의 잘못과 실수만 지적해대는 말, 다른 사람을 인정하지 않고 무조건 깎아내리거나 조롱하는 말…. 이 모든 화법들은 나에게 고스란히 돌아온다. 말을 함부로 하는 사람 중에 주위에서 인정받고 사람들의 존경을 받으며 사는 사람이 있는지 보라. 단한 명도 없다.

말이 달라지면 사람이 온다. 그리고 인생이 달라진다. 세상에서 이만큼 쉬운 자기계발이 어디 있는가. 말은 누군가를 거세게 할퀴는 칼이 되기도 하지만 나를 세우고 누군가를 일으키는 위대한 힘이 된다는 걸 명심해야 한다.

나누면 더 많이
채워진다

> 나누고 사랑하면서 즐겁게 사는 인생이야말로
> 이 땅에서 경험할 수 있는 최고의 장수 비결이다.

"아이들 키우고 가정 건사하면서 정말 열심히 살았습니다. 이제 아이들도 다 컸으니 제 인생에 집중하면서 의미 있는 인생을 살고 싶어요. 무엇을 해야 삶이 풍요롭고 가치 있을까요?"

강의 중에 사람들과 대화를 나누다 보면 이렇게 말하는 사람들이 무척 많다. 가족을 위해 열심히 산 만큼 이제는 자신에게, 또는 사회적으로 의미 있고 가치 있는 일을 해보고 싶다는 것이다. 나는 그들에게 나눔과 봉사의 삶을 권한다.

"나눔과 봉사만큼 삶을 윤택하고 풍성하게 만드는 방법은 없습니다. 나누고 봉사하는 삶이 주는 기쁨과 축복은 다른 무엇으로는 절대로 얻을 수 없죠. 누군가를 도와본 경험이 있는 사람들은 이구동성으로 말합니다. 자신이 남을 돕는다고 생각했지만, 사실은 자신이 더 많은 도움을 받았다고 말이죠."

55세에 공기업에서 정년퇴직하고 인생 후반기를 봉사하는 삶을 살기로 마음먹은 K는 퇴직 증후군을 누구보다도 호되게 치렀다고 했다.

"1년 동안 방구석에 틀어박혀 한숨만 푹푹 쉬었어요. 일만 하면서 살다 보니 그 많은 시간을 어떻게 보내야 할지 모르겠더라고요. 너무 무기력하고 쓸모없는 사람이 된 것 같은 기분이었습니다. 그렇게 1년을 보내고 나니까 이러다가는 완전히 사회에서 퇴출되지 않을까 하는 위기감이 생기더군요. 그날 바로 구청에서 운영하는 기술학교에서 자동차 정비 기술을 배우기로 마음먹었어요."

처음에는 무작정 집을 나가보자는 생각으로 시작한 일이었다. 하지만 반년 동안 기술을 배우다 보니 새로운 세상이 열렸다고 했다.

"기술학교에 가보니 퇴직자들이 정말 많더군요. 다른 퇴직자들의 이야기를 듣고 새로운 기술을 배우는 동안 퇴직으로 인한 상실감이나 위기감은 거의 사라졌습니다. 생활이 다시 활기차지더군요. 게다가 기술학교에서 배운 정비 기술로 현장에 나가 실습까지 해보니 자신감도 생겼어요. 오히려 회사생활을 할 때보다 더 즐거웠습니다. 그 전에는 해보지 못한 완전히 새로운 일을 하는 거니까요."

즐기면서 배우니 기술도 잘 습득되고 사람들과 어울려 배우다 보니 하루하루가 즐거웠다. 그러던 중 스리랑카의 지방 도시에서 1년 동안 정비 기술을 가르치는 기회가 생겼고, 그는 주저하지 않고 스리랑카로 떠났다.

"저는 그때까지 외국에 나가서 살아본 경험이 전혀 없었어요. 여행은 다녀봤지만 현지 사람들과 부대껴 살면서 무언가를 나누고 가르치는 건 상상도 못한 일이었죠. 날씨는 덥고 말은 안 통하고 음식도 입에 맞지 않아 힘들었지만, 그때 느낀 특별한 기쁨은 고생을 상쇄하고도 남을 정도로 특별했습니다."

누군가와 무언가를 나누는 봉사활동은 중년의 삶을 의미 있고 보람되게 보낼 수 있는 좋은 방법이다. 사회에 참여하는 또 다른 기회로 다른 세대와 화합하고 교류한다는 의미가 있다. 무엇보다 중년에 시작하는 봉사활동은 자기계발 측면이 강하다. '재능기부'라는 말이 있듯이 자신이 잘하는 무언가를 다른 사람을 위해 쓴다는 점에서도 그렇고, 세상을 보는 시각이 달라진다는 점에서도 그렇다.

지금은 시간이 없어서 못하지만 나중에 은퇴하면 봉사하면서 살고 싶다는 사람들이 있는데 그건 핑계에 불과하다. 은퇴한 뒤에 정말 봉사활동을 시작하는 사람도 있지만 대부분은 말로만 그친다. 봉사활동은 시간이 아닌 마음 자세의 문제다. 봉사하는 사람들은 시간이 남아돌아서 봉사하는 게 아니다. 바쁜 일상의 한가운데에서 자신이 가진 가장 좋은 걸 타인을 위해 내놓는 것이 봉사다.

'빈자들의 어머니'라고 불렸던 테레사 수녀는 평생 동안 봉사하는 삶을 살았던 분이다. 그분의 특별한 삶도 중년에 접어들었을 무렵에 시작되었다. 가난하고 헐벗은 이들과 함께하기 위해 인도에 갔을 때 그녀의 나이는 서른여섯이었다. 마흔이 되었을 때 '사랑의 선교회'를 만들어 빈민과 고아, 나병 환자와 죽음을 기다리는 이들의 어머니로 살기 시작했다. 사랑의 선교회는 평생 헌신하고 봉사하는 삶의 뿌리가 되어주었다. 이때부터 그녀는 '마더 테레사'로 불렸다. 그녀는 사랑과 봉사의 특별한 힘을 잘 알았고 자신에게 주어진 험난한 일들을 기쁨으로 감당했다.

"마음속 깊은 곳의 기쁨은 인생에서 걸어가야 할 길을 가리키는 자석과 같다. 아무리 큰 어려움이 있더라도 마음을 가리키는 그 길을 따라가야 한다."

테레사 수녀가 남긴 보석 같은 말이다.

오래 사는 것이 축복이 아니라 이웃을 사랑하며 의미 있게 사는 것이 축복이다. 스탠퍼드 대학에서 실시한 연구 결과도 이를 증명한다. 조사에 따르면 암 환자의 평균수명은 19개월인 반면, 자원봉사를 한 암 환자의 평균수명은 37개월에 달했다고 한다. 더불어 함께하는 시간이 삶의 의지를 북돋고 긍정적인 에너지를 주기 때문일 것이다. 운동을 많이 하면 몸이 건강해진다. 하지만 마음이 즐거우면 더 건강해질 수 있다.

나누고 사랑하면서 즐겁게 사는 인생이야말로 이 땅에서 경

다르게 살아도, 어떤 모습이어도

험할 수 있는 최고의 장수 비결이다. 나는 지금 인생을 의미 있고 행복하게 만드는 일상을 살고 있는지 시시때때로 돌아보아야 한다. 최근에 나의 도움을 받은 누군가가 감사와 행복의 미소를 짓는 걸 본 적이 있는지 곰곰이 생각해보자. 눈앞에 떠오르는 사람이 있다면 당신은 두 배로 장수하고 두 배로 행복한 인생을 살 수 있다.

의미 있는 인생을 살고 싶다는 생각이 들 때 신앙생활을 시작해보는 것도 권할 만하다. 신앙생활은 스스로를 의미 있는 존재로 만드는 훌륭한 방법이다. 꼭 종교 시설에 가지 않더라도 마음속으로 기도하는 것도 신앙생활이다. 기도는 신과의 대화를 통해 하루하루의 시간과 내 삶의 의미를 되돌아보게 만듦으로써 우리를 올바른 삶으로 이끌어준다.

아침에 일어나 상쾌한 기분으로 가족들과 인사를 나누고, 맛있는 아침 식사를 한 뒤 즐거운 기분으로 집을 나선다. 이렇게 하루를 활기차고 신나게 시작해도 모든 일이 내 생각대로 이루어지지 않는다. 오늘 하루는 내가 원해서 주어진 것이 아니다. 내가 오늘 살아갈 하루는 당연한 권리가 아니라 우연한 선물처럼 주어진 귀한 것이다.

중년이 되면 '삶과 죽음'에 관한 생각을 자주 한다. 나는 왜 태어났고 왜 세상을 살아가고 있는지, 죽음 뒤에는 무엇이 남는지 생각한다. 바쁘게 사느라 그런 근원적인 문제를 생각할 겨를이 없는 사람도 있겠지만 의식적으로라도 인생의 근본과 존재의 근원에 대해 생각해보아야 한다. 그래야 내일을 감사히 맞이할 수 있다. 그런 생각 끝에는 인간이 그리 큰 존재가 아니라는 생각이 따라붙는다. 인간의 한계를 인정하는 건 연약한 자의 도피 심리가 아니다. 내가 할 수 없는 걸 인정하고 불가능한 일을 신의 뜻에 맡기는 건 가장 적극적인 삶의 태도다. 이는 내가 감당해야 할 고난에 대해 맞설 수 있는 용기가 있을 때 가능하다.

중년이 되면 아집과 고집이 늘어난다. 얼굴의 주름살이 깊어질수록 마음속으로 되뇌는 말들도 많아진다. 하고픈 이야기는 많지만 속 시원히 털어놓을 수 있는 친구가 거의 없기 때문이다. 마음을 나눌 친구가 주위에 없다면 자신에게 말을 걸어보자. 자신과 대화할 때 하나님과도 대화할 수 있다면 금상첨화다.

기도는 지혜로운 자가 행할 수 있는 훌륭한 선택이면서, 내가 짊어질 수 없는 삶의 무게를 내려놓는 좋은 방법이다. 우리가 사는 인생은 예측할 수도 없고 확신하기는 더더욱 불가능하다. 신앙생활은 고난으로 점철된 험난하고 불확실한 인생길에서 짊어져야 하는 짐들을 덜어주는 역할을 한다.

다르게 살아도, 어떤 모습이어도

중년들은 누구나 앞으로 펼쳐질 자신의 미래에 대해 큰 불안을 느낀다. 새로운 시도를 할 때마다 미래에 대한 두려움에 가로막혀 주저앉곤 한다. 이해할 수 없는 일들이 내 앞에 놓여 있다면 욕심을 앞세워 스스로를 괴롭히지 말자. 나는 삶의 시련이 매서울수록 하나님의 뜻이 무엇인지 헤아리며 기다리곤 한다.

꿈꾸기를 멈추면
빨리 늙기 시작한다

> 우리가 늙는 것은 나이를 많이 먹어서가 아니다.
> 꿈꾸는 것을 그만두고 하루하루를 관성대로 무기력하게 살아가기 때문이다.

얼마 전 잘 알고 지내는 중년 남성 C와 대화를 나누었다. C는 취미로 사진을 찍어왔는데 이제 거의 예술작품에 이를 정도로 실력이 출중하다. 그런데 그는 요즘 고민이 많다고 했다.

"집에서 쉬는데 문득 몇 년 전에 찍은 사진과 최근에 찍은 사진을 비교해보고 싶더라고요. 사진을 꺼내서 펼쳐놓고 보는데 사진이 다 비슷하다는 걸 깨달았어요."

"같은 소재를 찍어왔다는 뜻인가요?"

"아뇨. 찍을 때마다 다른 대상을 찍었죠. 저는 다른 대상을 다른 눈으로 찍는다고 생각했는데 비슷한 것을 비슷한 눈으로 찍었더라고요. 그러니 사진이 똑같아 보일 수밖에요."

그는 매우 진지한 표정으로 말을 이었다.

"사진을 찍는다는 건 사진 찍는 기술을 자랑하는 게 아니잖아요. 사진에 찍히는 피사체를 애정 어린 눈으로 보는 일이면서, 그 애정을 사진이라는 매개체를 통해 영원히 남기는 일이죠. 저는 그동안 매번 다른 눈과 다른 느낌으로 피사체를 애정 있게 바라보았다고 생각했는데, 그날 처음으로 그렇지 않을 수도 있다는 생각이 들었어요."

"사진이 비슷해 보인다는 건 선생님만의 색깔이 아닐까요?"

"천편일률적이라는 게 개성일 수는 없죠. 다른 시간과 장소에서 다른 사물을 찍은 사진인데도 같은 시간과 장소에서 같은 사물을 찍은 것 같았어요. 그 순간 제가 사진에 담긴 피사체들보다 사진을 더 사랑했다는 사실을 깨달았습니다. 살아가는 일에 너무 지치다 보니 사진 찍는 과정보다는 사진이라는 결과물을 중시하고, 겉보기에 분위기 있고 예쁜 작품을 만드는 데 집착하지는 않았는지 깊이 반성했습니다."

"주말마다 사진 찍으러 다니시면서 굉장히 행복하게 사시는 줄 알았어요."

"요즘 거의 탈진 상태에 빠져 있어요. 밀려드는 업무 때문에 항상 일에 치여 삽니다. 계속 되는 업무와 이 일을 잘 끝내야 한다는 스트레스. 그런 일상의 스트레스가 사진에도 고스란히 나타나는 것 같아요."

그의 상황을 헤아리지 못한 채, 주말마다 사진 여행을 떠나는 그를 부러워했던 게 괜스레 미안해졌다.

"이제부터는 새로운 눈으로 세상을 바라보면서 또 다른 삶을 꿈꾸고 싶어요. 전환이 필요한 시기인 것 같습니다."

C처럼 힘든 삶 가운데에서도 꿈꾸기를 포기하지 않기란 쉬

다르게 살아도, 어떤 모습이어도

운 일이 아니다. C를 만나고 온 그날 저녁 나는 나에게 물어보았다. 계속 꿈꾸고 있는지를.

C를 만나고 나서 얼마 뒤 동작대교에 노을 풍경을 촬영하러 갔다. 항상 그렇듯 대교 맞은편에 구도를 잡고 셔터를 계속 눌러댔다. 그 모습을 본 동행한 사진작가가 다른 구도에서 다른 곳들도 촬영해보라고 제안했다. 그의 조언에 따라 지금까지와는 다른 곳에서 구도를 잡고 사진을 찍어보았다. 집에 돌아와 사진을 살펴보니 이제까지 찍었던 사진들보다 훨씬 아름다운 사진이 찍혀 있었다. 아주 조금, 내가 서 있던 자라에서 아주 조금 비켜나 다른 각도에서 사물을 본 것뿐인데 지금까지와는 다른 아름다운 사진이 담겨 있었다.

사람의 혀는 단맛, 쓴맛, 신맛, 짠맛을 느낄 수 있다. 이 네 가지 맛을 가장 잘 느끼는 부위는 서로 다르다. 쓴맛이 혀의 맨 안쪽에서 가장 잘 느껴진다면 신맛은 혀의 안쪽 양옆에서 가장 잘 느껴진다. 짠맛은 혀의 바깥쪽 양옆에서, 단맛은 혀끝에서 가장 잘 느껴진다. 네 가지 맛 말고 혀가 느낄 수 있는 맛이 또 하나 있다. 바로 감칠맛이다. 감칠맛은 입에 착 달라붙어 계속 먹고 싶게 만드는 맛을 뜻한다. 네 가지 맛만을 맛의 기준으로 삼으면 감칠맛을 찾아내기가 어렵다.

우리 인생도 마찬가지다. 우리는 자신이 알고 있는 지식과 자신이 겪은 경험이 세상의 전부인양 말하곤 한다. 맛에도 감칠맛이 존재하듯 또 다른 지식과 경험이 존재하면 전혀 다른 시각으로 세상을 볼 수 있다. 자신만의 세상에 스스로를 가두면, 또 다른 세상이 새로운 가능성을 지닌 세계가 아닌 두렵고 위협적인 세계로 인식된다.

또 다른 삶의 가능성을 상상한다는 건 지금과는 다른 삶, 지금보다 새로운 삶을 그린다는 것이다. 우리는 그걸 '꿈'이라고 말한다. 꿈을 꾼다는 건 현실과 무관한 허황된 생각에 사로잡힌다는 뜻이 아니다. 현실에 뿌리를 두되 지금의 현실과 다르거나 좀 더 새로운 삶을 추구한다는 뜻이다. 꿈은 인생의 난관과 마주쳤을 때 그 진가가 발휘된다. 꿈꿀 줄 아는 사람은 큰 장애물을 만났을 때 '어떻게 이겨내고 극복하지?'라는 질문을 던지며 대안을 찾아 나선다. 그런 다음 대안의 삶을 자신의 현실 속에서 최선을 다해 실현하고자 노력한다.

반면 꿈꿀 줄 모르는 사람은 '왜 하필이면 나에게 이런 일이 일어났지?'라고 불만을 토로하면서, 문제를 직시하고 해결하려 하기보다 쉽사리 좌절하고 포기해버린다. 실패나 난관을 성장할 수 있는 기회가 아닌 운이 없어 당한 난제라고만 생각하는 것이다. 그러면 안 그래도 고달픈 인생이 더 고달파질 수밖에 없다. 누구나 겪는 문제와 어려움을 자신만 겪고 있다고 치부하면서 스스로를 고통의 구렁텅이에 밀어 넣으니 말이다.

중년들 중에는 문제를 직시하고 대안을 꿈꾸는 사람도 많지만, 자신을 패배자로 규정하고 지레 좌절하는 사람도 많다. 사는 것이 힘들다 보니 꿈꾸는 것도 힘들어지는 것이다. 하지만 그럴수록 더 많은 꿈을 더 열심히 꾸어야 한다. 꿈을 꾸는 데 필요한 재능과 열정, 용기와 에너지는 문제 해결과 대안 모색을 위한 실제적인 힘이 될 수 있기 때문이다.

꿈꾸기를 멈추는 순간 빨리 늙기 시작한다. 우리가 늙는 것은 나이를 많이 먹어서가 아니다. 꿈꾸는 것을 그만두고 하루하루를 관성대로 무기력하게 살아가기 때문이다. 중년에 이른 사람들은 무언가 잘 안 풀릴 때 곧잘 "나이가 많아서"라고 말하곤 한다. 정말 나이가 많아서 잘 안 풀리는 것일까? 다른 이유로 안 풀리는 것인데 나이를 핑계 삼는지도 모른다. 나이를 핑계 삼아 현실을 회피하기에는 아직도 우리에게 살아갈 날이 많이 남아 있다. 남은 시간 동안 나이가 많다는 핑계를 대고 건성으로 살아가면 정말로 나이를 빨리 먹게 되어 아무것도 할 수 없게 된다.

물론 중년이 되면 꿈꾸기를 가로막는 여러 난관들이 존재한다. 잦은 야근과 과로로 체력은 하루가 다르게 떨어지고, 하나의 생각이나 일에 오랜 시간 집중하기도 어려워진다. 열정과 용기를 갖고 싶어도 현실적인 여건이 따라주지 않는다. 그러니 꿈이나 열정보다 연봉, 주택 대출, 주식, 사교육비, 연금 등이 마음속에서 주인 행세를 한다. 현실이 우리를 지치게 할지라도 꿈꾸기를 멈추어서는 안 된다. 꿈을 갖고 있는 사람이야말로 진정한 부자이기 때문이다.

같은 곳만 보고 같은 것만 먹으면 다른 시각을 갖기 어렵다. 다른 삶과 세상이 있다는 것도 알기 어렵다. 조금 다른 곳을 보고 다른 것을 먹어본다고 해서 '나'라는 사람의 본질이 훼손되지는 않는다. 오히려 내 삶의 한계가 해체되면서 삶의 가능성이 더 확장될 수 있다. 주어진 삶에 충실히 사는 것이 중요한 만큼, 주어진 삶 너머 또 다른 삶이 존재할 수 있다는 생각을 하는 것도 중요하다. 내가 오늘도 꿈꾸기를 멈추지 않는 이유다.

다르게 살아도, 어떤 모습이어도

떠나지 않으면
떠날 수 없다

> 오래도록 즐겁게 일하고 싶다면
> 일하는 법보다 잘 쉬는 법을 배워야 한다.

"저는 가족에 대한 책임감 하나로 세상을 살고 있는 것 같습니다. 재미있는 일이 하나도 없어요. 그래도 아이들이 결혼할 때까지는 뒷바라지해야 하는데 손가락 하나 까닥하기 싫은 기분입니다. 눈을 감았다 떴을 때 한 10년이 지나 있다면 좋겠어요. 그때는 제가 죽은들 아무도 관심이 없을 테고, 제가 책임질 일도 없을 테니까요."

중년 남성 L이 털어놓은 진심은 내 마음 어딘가를 툭 건드렸다. 정도의 차이는 있을지언정 중년이 되면 누구나 이런 생각을 할 때가 있다. 난 무얼 위해서 사는 걸까, 사는 게 왜 이렇게 무의미할까, 그런 질문들 말이다. 힘없이 고개를 떨군 L을 바라보며 물었다.

"뭐가 그렇게 괴로우신가요?"

"사는 데 아무런 낙이 없어요. 제가 무가치한 존재라는 생각이 듭니다. 건망증이 심해지면서 업무 실수가 많고, 사람들에게 민폐를 끼치고 있는 것 같아요. 이러다가 직장에서 밀려나지는 않을까 걱정스럽습니다. 아이들은 한창 클 나이인데 이대로 직장에서 잘리면 어떡하나요?"

생기 없는 그의 목소리를 듣고 있자니 그에게 지금 당장 필요한 건 자신을 재정비하여 심기일전하는 게 아니라, 잠시 모든 걸 내려놓고 휴식을 취하는 일이라는 생각이 들었다.

"지금 너무 지쳐 계신 것 같아요. 지금 상태에서는 아무리 마음을 다잡아도 예전으로 돌아갈 수 없어요. 일을 놓고 휴식을 취하셔야 합니다. 여행을 떠나보는 것도 좋고요."

그는 나른하게 고개를 끄덕였다. 마치 '이렇게 일을 산더미처럼 쌓아놓고 어딜 가겠어요'라고 말하는 것 같았다.

가장이라는 무게를 짊어지고 사회생활을 하는 중년들에게는 익숙한 이야기일 것이다. 그렇다. 중년들은 손에서 일을 쉽게 놓을 수도 없다. 몸과 마음이 지쳐 더 이상 시동을 걸 수 없는 상태라는 걸 알면서도 내가 자리를 비우면 이대로 밀려날까봐, 또는 회사 말고는 다른 대안이 없으니 어떻게든 참고 꾸역꾸역 출근을 한다. 때로는 쉬는 것도 일할 때처럼 열정적으로 쉬다 보니 오히려 몸과 마음이 더 지쳐 차라리 쉬는 것보다 일하는 게 편하다고 말하는 사람들도 많다. 특히 남자들은 휴일날 가족들과 함께 시간을 보내는 일이 가장 피곤하다고 하소연하곤 한다. 가족들과의 시간을 무슨 업무 처리하는 것처럼 한꺼번에 하려니 힘든 것이다. 그러면 쉬는 것도, 가족과 교감을

다르게 살아도, 어떤 모습이어도

쌓는 것도 모두 놓친다. 쉰다는 것은 그야말로 몸과 마음을 모두 내려놓는다는 뜻이다.

심리학자 크리스티나 마슬락Christina Maslach은 탈진burn out 상태를 '꺼지기 직전의 가물가물하는 불꽃' 또는 '물이 다 증발한 주전자'에 비유했다. 탈진이란 한때 다른 사람들과의 관계에서 열정의 불꽃을 피웠고 자신의 모든 것들을 남을 위해 내주었지만, 결국에는 아무것도 내어줄 수 없는 상태를 말한다. 마슬락에 의하면 탈진한 사람은 자주 피곤함을 느끼고 자신감과 의욕을 상실한다. 분별력을 잃고 상식에서 벗어나는 행동을 하고, 심지어는 망상에 사로잡히거나 자살 충동을 느끼기도 한다. 일하지 않는 사람은 탈진할 일이 없다. 따분함과 권태를 느낄 뿐이다. 일벌레로 살아온 사람, 일이 인생의 전부인 양 몰두해온 사람만이 탈진 상태에 빠진다.

흐트러진 삶을 정비하고 자신이 원했던 건강하고 행복한 일상을 회복하기 위해서는 제대로 쉬어야 한다. 탈진하기 직전까지 달려온 사람일수록 쉼은 꼭 필요하다. 그리고 잘 쉬기 위해서는 무조건 떠나야 한다. 떠난다는 건 꼭 비행기를 타고 멀리 다른 곳으로 여행을 가라는 말이 아니다. 물론 여행은 휴식에 있어 좋은 선택, 더구나 우리의 모든 일상이 놓여 있는 이곳을 벗어나 다른 나라로 여행한다는 것은 우리 삶에 새로운 활력을 불어넣는 의미 있는 선택이지만, 꼭 그렇게 하지 않더라도 충분히 좋은 휴식을 취할 수 있다. 중요한 것은 어디로 가느냐가 아니라 어떻게 쉬느냐다. 나를 괴롭혔던, 내가 스트레스받았던 일에서 완벽하게 떠날 수 있다면 그것만으로도 좋다. 일할 때처럼 '빨리빨리' '열심히' 쉬려 한다면 제대로 된 휴식이 아니다. 느긋하게, 여유롭게 보내는 것이 제대로 된 휴식이다.

휴식을 취할 때는 하고 싶었지만 하지 못했던 일들을 시도해보는 것도 좋다. 턱수염을 길러보고 싶었다면 단 며칠이라도 길러보고, 조용히 음악을 들으며 묵상하고 싶다면 휴대전화 전원을 꺼놓고 고요하고 평안한 시간을 가져보는 것도 좋다. 시간에 쫓기는 삶을 살아왔다면 시계를 풀어놓고 시간을 보지 않은 채 하루를 살아보는 것도 좋은 방법이다. 잡다한 세상사와 멀어지고 싶었다면 인터넷을 끊고 텔레비전을 끄는 것도 좋다. 나도 지쳐 있는 나를 보듬기 위해 한 달 동안 산티아고 순례길을 완주했다. 나로서는 큰 용기였고, 길 위에서 쓰러질 정도로 힘든 여정이었지만 그 경험을 계기로 삶을 다시 정비할 수 있었다.

오래도록 즐겁게 일하고 싶다면 일하는 법보다 잘 쉬는 법을 배워야 한다. 그동안 조직과 생계를 위해 최대한 빨리빨리 일을 처리하고 성과를 얻는 삶을 살아왔다면, 이제는 몸과 마

다르게 살아도, 어떤 모습이어도

음을 모두 내려놓고 편히 쉴 수 있는 휴가를 떠나야 한다. 마음이 이끄는 대로 가고 싶은 곳을 가보고, 하고 싶은 것을 해보는 소박한 휴가도 좋다. 남들이 가지 않은 먼 곳을 큰돈 들여서 가야만 능사가 아니다. 한 번 떠나지 못하면 영원히 떠날 수 없다. 떠나지 못하면 아무것도 달라지지 않는다.

나만의
인생 여행 가방을
꾸려라

> **중년에는 나를 행복하게 해주는 것들로만 채워 넣은
> 새로운 인생 여행 가방을 꾸려야 한다.**

여행을 떠나기 전에 가장 중요한 일 중 하나가 무엇일까. 바로 짐을 잘 싸는 일이다. 여행 가방을 쌀 때 필요 없는 물건은 덜어내고 꼭 필요한 물건만 남겨야 한다. 그래야 여행 내내 가뿐하게 움직이고 여행에만 집중할 수 있다. 우리 인생도 마찬가지다. 우리 인생은 마치 꼭 필요해서, 또는 꼭 필요해질 거라고 생각해서 잔뜩 짐을 집어넣어 불룩해진 여행 가방과도 같다. 중년에는 나를 행복하게 해주는 것들로만 채워 넣은 새로운 인생 여행 가방을 꾸려야 한다. 앞으로 남은 여행을 잘하기 위해서라도 중년의 인생 여행 가방은 꼭 정리되어야 한다.

나는 나의 인생 여행 가방 정리하는 법을 산티아고 순례길에서 배웠다. 2014년 여름, 산티아고로 떠나겠다는 결심을 한 뒤 나는 많은 것을 준비해야 했다. 특히 짐이 가장 문제였다. 한 달 일정이다 보니 챙겨야 할 게 한두 가지가 아니었다. 목디스크에 비염이 있는 나는 한 달간의 순례길을 위해 약과 스프레이만 1.5킬로그램을 챙겨야 했다. 평상시에 입는 내의보다 무겁지만 땀 흡수율이 좋은 기능성 속옷도 두세 벌 넣었다. 이

렇게 가득 채우고 나니 정작 중요한 짐이 들어가지 않았다.

'뺄 게 없는데 어떡하지. 이걸 다 지고 갈 수도 없고….'

무언가를 덜어내는 일은 생각보다 쉽지 않았다. 하지만 인터넷을 찾아 순례길 후기를 읽어보니 하나같이 짐은 최소한의 것만 가져 가라고 적혀 있었다. 할 수 없었다. 정말 이것 없으면 죽을지도 모른다는 것만 빼놓고 짐을 다시 싹 정리했다. 한 번으로도 정리가 안 돼 두 번이나 짐을 풀었다 쌌다.

짐이 많아도 버릴 수 없는 한 가지가 있었다. 김치였다. 김치는 꼭 먹어야겠다는 생각에 제주산 마른 김치를 한 봉지 사서 넣었다. 마른 김치에 물을 부으면 우리가 보통 먹는 김치가 된다. 아내는 마른 김치에는 라면을 같이 먹어야 한다며 라면도 몇 개 챙겨주었다.

"이건 내가 당신한테 주는 선물이야. 몸이 너무 아플 때 먹으면 치료받는 기분이 들 거야. 집 생각이 간절할 때도 꺼내서 끓여 먹어."

음식이 보약이라고 했던가. 몸이 지치면 한국음식이 먹고 싶을 것 같아 아내의 선물인 라면도 배낭에 찔러 넣었다. 마침내 13.5킬로그램의 배낭이 준비되었다. 더는 줄이기 힘들었다.

중년은 필요한 게 참 많은 나이다. 그만큼 필요한 걸 구하는 지혜도 늘어난다. 문제는 지혜가 염려나 두려움이라는 이름으로 포장되곤 한다는 점이다. '뭐 별일 있겠어.' 하며 두려움 없이 길을 나서는 젊은이들과 달리, 중년들은 '이럴 땐 어떡하지, 저럴 땐 어떡하지.' 하는 걱정으로 나서는 길이 무겁게 느껴진다. 떠나기도 전에 걱정으로 마음이 지쳐버리는 것이다.

나 또한 순례길로 떠나기 전부터 걱정이 이만저만이 아니었다. 13킬로그램이 넘는 배낭을 지고 한 달 동안 걸어본 경험이 없기에 혹시 중간에 병이라도 나지 않을까, 중간에 포기하면 어쩌나 걱정이 한두 가지가 아니었다. 그래서 떠나기 전날 저녁에 연습 삼아 10킬로그램을 걸어보았다. 걸을 만했다. 짐도 잘 쌌고, 걷는 데도 문제가 없으니 은근히 자신감이 생겼다.

순례길이 시작되는 첫날, 프랑스 생장에서 나는 새벽 6시부터 서둘러 걷기 시작했다. 그리고 얼마 지나지 않아 바로 깨달았다. 걸을 만하다는 건 순전히 나의 착각이었다는 것을. 산티아고 순례길은 서울의 우면산이나 청계산을 오를 때와는 너무도 달랐다. 다리통은 터질 것 같고 땀은 주룩주룩 흐르고 숨은 내쉬기 어려울 정도로 가빠왔다. 젊은이들은 아무렇지 않게 걸어가는데 나만 뒤로 처지기 일쑤였다. 오르막길을 오를 때는 배낭 안의 모든 짐들을 다 버리고 싶은 마음뿐이었다.

아무리 작정하고 왔다고 해도 하루 종일 낯선 길을 걷는 건 고되고 힘든 일이었다. 첫날부터 발에 물집이 잡혔고 등에 멘

짐은 돌덩이처럼 나를 짓눌렀다. 그래서 알베르게에 도착했을 때 옷을 세 벌이나 버렸다. 무거워서 감당이 안 되거나 없어도 되는 짐들은 필요한 사람들에게 나눠줬다. 처음에 짐을 쌀 때는 없으면 안 될 것 같아 우겨 넣었던 짐들인데 시간이 갈수록 없어도 되는 물건이 되어갔다. 그렇게 짐을 계속 줄이다 보니 돌아올 때는 7킬로그램 정도가 되었다. 가져간 짐 중에 반 정도는 필요 없었다는 얘기다. 양말 두 켤레와 긴 바지와 티셔츠한 벌, 갈아입을 반바지와 짧은 셔츠 하나면 충분했다.

짐을 줄이니 걷기에 더 집중할 수 있었다. 짐이 무거울 때는 조금만 힘들어도 짜증이 나고, 내가 왜 이렇게 사서 고생을 하고 있나 후회스럽기도 했는데 배낭이 가벼워지니 기분마저도 가벼웠다. 보통 하루에 40~50킬로미터 정도를 걸었는데, 새벽 6시부터 걷기 시작해서 오후 4시 정도면 다음 알베르게에 도착할 수 있다. 20킬로미터를 걷고 점심을 먹은 뒤 30킬로미터 정도를 걸으면 되는 여정이었다. 걷는 것 말고는 할 일이 없다 보니 여유 있게 걸어도 그 시간에 도착할 수 있었다. 풍경을 감상하고 아름다운 풍경은 사진에 담고, 너무 힘들 때는 쉬었다 걸어도 충분했다.

산티아고에 가기 위한 짐을 싸고, 그 짐을 산티아고에서 버리면서 나는 사는 것도 그렇다고 생각했다. 무언가 굉장히 많

다르게 살아도, 어떤 모습이어도

이 필요하고 갖고 있어야 할 것 같지만 그렇지 않다. 아주 최소한의 것으로도 충분하다. 무언가 많이 짊어지려고 할 때 우리 인생길은 피곤과 짜증과 부담이 된다. 나에게, 혹은 내가 걸어가야 할 길에 집중할 수가 없다.

하늘도 보고, 길녘에 핀 들꽃도 보고, 바람의 향기도 맡아보고, 지나가는 사람들과 담소도 나누며 여유로운 인생길을 걷고 싶다면 어깨에 짊어진 짐을 조금 내려놓아보자. 다른 사람은 무엇을 짊어지고 걷고 있나 기웃거릴 필요도 없다. 사람들마다 체력이 다르고 필요한 물건이 다르고 인생길의 목적도 다르다. 누구는 더 가벼울 수도 있고, 누구는 더 무거울 수도 있다. 그러니 흔들리지 말고 나만의 배낭을 꾸리면 된다.

산티아고 순례길을 걸으면서 내가 겪었던 시행착오는 한두 가지가 아니었다. 하지만 그 모든 시행착오가 나를 완주하게 했다. 나는 실패의 순간을 시행착오 또는 노력 중이라는 단어로 바꿨으면 좋겠다. 첫날의 시행착오는 내가 도착지까지 어려운 순간을 이겨내며 갈 수 있는 힘이 되어주었다.

이 세상에 어려움을 한 번이라도 겪지 않고 할 수 있는 일은 없다. 처음 부딪친 어려움을 잘 극복하면 남은 어려움도, 앞으로 닥칠 어려움도 잘 풀어갈 수 있는 지혜가 생긴다. 사실, 인생은 그렇게 대단하지 않다. 복잡하게 살려면 한없이 복잡하지만 목적의식이 분명하고 그것에 확신이 있다면 심플하고 명료하게 살 수도 있다. 그렇게 명백한 목적의식이 있다 하더라도 힘든 게 인생이다. 누구나 그렇다. 그러니 나만의 배낭에 나만의 짐을 꾸려 천천히 지치지 않고 가는 게 중요하다. 누군가 그렇게 말하지 않았는가. 이긴 자가 살아남는 게 아니라 살아남는 게 이긴 자라고. 우리 모두 인생의 승자가 되는 날까지 지치지 말고 뚜벅뚜벅 걸어가자. 묵묵한 성실함은 그 무엇보다 힘이 세다.

다르게 살아도, 어떤 모습이어도

○ 뜨거웠던 중년의 시간을 되돌아보며

젊은 날, 하고 싶은 것이 참 많았다. 그런데 정작 시도하려고 하면 실제로 할 수 있는 것은 거의 없었다. 열정은 가득했지만 원하는 것을 할 수 있는 자질도 없었고, 형편도 안 됐다. 꿈 많은 20대 초반, 집에서 독립한 나는 청파동 가파른 언덕 위에 있는 좁은 방에 살면서 꿈 때문에 수없이 고민하고 갈등했다. 매일 숨을 몰아쉬며 언덕길을 올라갈 때면 그 길이 마치 내 인생처럼 느껴졌다. 한밤중에 답답하기만 한 좁은 방을 빠져 나와 중구 쪽을 바라보면 밝은 도심 불빛이 눈 안에 한가득 들어왔다. 그 휘황찬란한 불빛들을 바라보며 나는 생각했다.

'오늘 내 형편은 이렇지만 내일은 저 밝은 도시 불빛처럼 내 인생도 빛으로 가득 찰 거야.'

중학교 1학년 겨울, 어린 나를 두고 아버지가 세상을 떠나신 뒤 나는 모든 것이 부족하기만 한 나날들을 보냈다. 가정형편이 급격하게 나빠졌고, 아버지를 잃은 상실감에 가슴 한 편이 시렸다. 대학에 입학하고 나서도 모든 걸 혼자 힘으로 해야 했다. 어렵게 돈을 벌어 한 계단씩 한 계단씩 숨 가쁘게 하루하루를 살았다. 그럴 때마다 나는 기도했다. 내가 인생에서 이루고 싶은 것들에 대해. 그리고 그토록 이루고 싶었던 꿈들을 40대에 모두 성취했다.

힘들고 고단하게 살아왔지만, 아니 어쩌면 그토록 어렵게 살아왔기에 나는 그 시간들이 자랑스러웠다. 내 자신이 대견하고 이 자리에 서게 된 것이 감사하기만 했다.

그런 나에게 2014년 여름, 한 달간의 안식월이 주어졌다. 내 자신을 위해 마음껏 써볼 수 있는 시간들이었다. 그동안 하고 싶었던 일, 가보고 싶었던 곳이 참 많았다. 그런데 막상 그런 시간이 주어지니 무엇을 해야 할지 갈피를 잡을 수 없었다.

'그래, 있는 힘을 다해 살아온 나를 쉬게 해주자.'

오롯이 나를 위해 한 달을 쓰자는 생각에 내가 가장 잘 쉴 수 있는 방법을 생각해보았다. 지금 내가 발 딛고 서 있는 환경과 내가 지금껏 해온 일에서 잠시 벗어나보고 싶었다. 이전과 다르게 홀로 시간을 보낼 수 있는 곳, 지금까지의 내 인생을 객관적으로 바라볼 수 있는 곳, 내가 나를 만나 대화하고 나와 화해할 뿐만 아니라 나를 토닥여줄 수 있는 곳으로 떠나고 싶었다. 40대를 지나면서 참 많이 수고했고 고단했던 내 인생을 위로하고 앞으로 펼쳐질 인생길을 걸어갈 준비를 하고 싶었다. 그래서 선택한 곳이 바로 스페인 산티아고 순례길이었다.

평소에 내 마음을 잘 헤아려주는 아내는 내가 왜 산티아고 순례길을 걷고 싶어 하는지 마음 깊이 공감해주었다. 그리고 그런 선택을 칭찬하고 격려해주었다. 가족들의 응원과 격려를 받으며 짐을 꾸리기 시작했다. 무거워진 가방을 비워내기 위해 짐을 싸고, 또다시 짐을 싸며 만반의 준비를 했다.

안식월이 시작되는 날, 나는 빼고 덜어낸 배낭을 메고 프랑스로 떠났다. 길고 먼 길을 가기 위해 파리에 잠시 머물러 시차에 적응하기로 한 것이다. 파리에서의 첫날 밤, 나는 오랫동안 센 강변을 걸었다. 유럽의 밤은 차분하고 아름다웠다.

파리에서 잠시 휴식을 취하고 생장으로 이동하여 산티아고 순례길에 등록한 뒤 걸을 준비를 했다. 내 육체가 이 순례길을 버텨줄 수 있을까 걱정됐지만, 그보다 내가 이 길에서 무엇을 만날 수 있을지 기대되는 마음도 컸다.

걷기 시작한 지 열흘 째 되던 날, 내 몸은 아프지 않은 곳이 없을 정도였다. 발톱 두 개가 빠졌고 물집은 이곳저곳 솟아났고 고관절이 아파 소염진통제를 먹고 걸어야 했다. 그래도 걸어야 했다. 혼자 걷는 길은 절대 고독 속에 빠지는 일이기도 했지만, 내 마음과 대화를 시작하는 일이기도 했다.

그렇게 걷기를 며칠, 그날 나는 길 가운데 홀로 있었다. 앞에도 뒤에도 사람이 보이지 않았고 끝이 보이지 않는 길만 내 앞에 놓여 있었다. 나는 아무도 없는 적막한 길 위에 주저앉아 지나온 삶에 대한 감사의 기도를 드리기 시작했다. 그 기도에서 나는 삶의 진솔한 모습과 마주했다. 저절로 진실한 마음의 소리가 들려왔다.

저는 그동안 제 생각대로 살았고 제 방법대로 살았습니다.
나를 받아들이지 못했고, 인정하지 못했고,
언제나 하나님의 뜻 앞에서 시작하지 못했습니다.
언제나 하나님의 뜻 앞에서 시작했다면
저는 그렇게 두려워하지 않았을 것입니다.
그토록 염려하지 않았을 것입니다.
그래서 나는 두려웠고, 힘들었고, 늘 고통 속에 있었습니다.
내 마음속에 생각이 너무 많았습니다.
내 목적이 너무나 많았습니다.
내 계획이 아니라 내 뜻이 아니라 내 생각이 아니라
내 소망이 아니라, 제 인생에 주어진 길을 순종하며

성실하게 걸어가겠습니다.

나를 믿고 살아온 것, 내 계획과 목적을 향하여 따라왔던

그 길을 벗어나겠습니다.

내게 주어진 내 인생길을 따라

나의 감정과 나의 분노와 나의 조급함을

내려놓을 수 있도록 도와주시옵소서.

그동안 내가 만들려고 애썼던 나의 길,

내가 원하는 길을 찾으려고 애썼던 지난 시간 속의

어리석음을 회개합니다.

이제는 어리석음을 내려놓고

나를 더 다독이고 더 격려하며 살아가겠습니다.

나는 주저앉아 크게 소리 내며 울었다. 성공적인 40대를 보
냈다고 자부했던 지난 시간들을 돌아보니 내 자신이 그토록 안
쓰럽고 가슴 아플 수가 없었다. 회개의 눈물이 쏟아졌다. 가슴
을 치며 회개의 기도를 할 수밖에 없었다. 마음이 너무나 아파
왔다. 후벼지는 듯 아픈 가슴을 두 손으로 감쌀 수밖에 없었다.
마음이 아프다는 말을 그렇게 절실히 느껴본 적도 없었다. 가
슴을 치며 울었다. 그동안 열심히 살아왔지만 내 자신을 제대
로 돌보지 못했다는 생각이 사무치게 가슴을 쳤다.

하루 종일 그 마음으로 걸었다. 그동안 기도하면서 믿음으로 살아왔다고 생각했는데 내 삶의 깊은 곳으로 들어가 나를 만나보니 나는 참 믿음 없는 사람이었다. 그날의 경험은 내가 잊어버리고 내가 미처 알아차리지 못하고 살아왔던 깊은 곳으로 나를 데려다 주었다. 나는 그곳에서 눈물을 흘리며 '최선'이라는 내 인생에 깊이 뿌리박힌 인본주의를 통회하며 회개했다.

산티아고 순례길에서 나는 많은 것을 찾았고, 많은 것을 보았으며, 많은 것을 깨달았다. 그동안 살아오면서 잊고 지냈던, 또는 애써 외면했던 속마음을 들여다보았고, 내 깊은 곳 어딘가에 묻어두었던 생각과 마음들을 찾았고, 내가 보지 못했던 모습들을 깨달았다. 산티아고 순례길은 일상 속에서 일어나는 자잘한 고통과 함께 걷는 법과 순종을 가르쳐주었다.

그동안 나는 내 인생길은 내가 가고 싶은 방향으로, 내가 원하는 모양으로 만들어갈 수 있다고 생각했다. 교만이었다. 산티아고 순례길에서 나는 내 안에 가득 찬 교만과 오만을 보았다. 인생은 내가 억지로 만들어서 걸어가는 것이 아니라 내게 주어진 길을 욕심 부리지 않고 묵묵히 걸어가야 한다는 걸 깨달았다.

산티아고 순례길도 그랬다. 오르막이 보이면 오르막길을 올라가고 내리막길이 펼쳐지면 가파른 내리막을 내려가야 했다.

산이 보이면 넘어야 했고 마을을 만나면 마을을 지나야 했다. 노란 화살표를 따라 걸어가듯 오직 푯대를 향해 가야 했다. 산티아고 순례길에는 나는 내게 주어진 인생길에 순종하며 걸어야 한다는 걸 깨달았다.

이 깨달음은 순종보다는 '극복'이라는 단어를 더 좋아했던 내 단단한 자아를 무너뜨리고 깨뜨렸다. '그래서 내가 그렇게 힘들었고 그래서 내가 요즘 자주 화를 냈구나!' 하는 생각이 나를 아프게 했다.

나는 산티아고 순례길을 혼자 걸었지만 늘 가족과 함께 걸었다. 길을 걷는 동안 가족들의 이름을 부르며 함께했기에 그들과 함께 있는 것 같았다. 하루 종일 걸으며 나는 가족 한 사람 한 사람을 위해 기도했다. 가족을 위한 기도 시간은 먼 곳에 있는 가족을 내 가슴으로 품는 시간이었고, 내가 가족들을 가장 뜨겁게 사랑하는 시간이었다. 내 아이들의 인생길을 위해 기도했고, 우리 부부에게 펼쳐질 남은 인생길을 위해 기도했다.

기도하면서 나는 내 가정 안에서 내가 먼저 서야 한다는 것을 알았다. 남편의 무릎으로, 아버지의 무릎으로 세우는 가정은 남편 자신이, 아버지 자신이 세워지는 것이다. 내가 견고하게 세워지면 나를 통해 내 아내가, 내 자녀들이, 내 부모와 형제들이 온전한 삶으로 세워지는 것이다.

산티아고 순례길에는 나는 수많은 기도를 드렸다. 많은 사람들이 '부와 재물과 영광'을 구하며 기도하지만 나에게 그런 것은 의미가 없었다. 나는 그저 믿음을 가지고 소박하고 진실되게 살고 싶다고, 내 가족도 그러하기를 바란다며 기도했다.

이 책 또한 기도하는 마음으로 썼다. 지금 어딘가에서 하루하루를 힘겹게 보내는 사람들에게 이 책이 위로가 되고 다독임이 된다면 나의 소임은 다한 것이다. 이 책이 탄생할 때까지 나를 위해 기도해주고 나를 사랑으로 섬겨준 아내와 내 인생의 가장 소중한 세 아이들, 그리고 늘 아들을 위해 기도하시는 어머님께 감사를 전한다.

다르게 살아도, 어떤 모습이어도
다, 괜찮다

제1판 1쇄 인쇄 | 2020년 1월 10일
제1판 1쇄 발행 | 2020년 1월 20일

지은이 | 이의수
펴낸이 | 한경준
펴낸곳 | 한국경제신문 한경BP
책임편집 | 마현숙
저작권 | 백상아
홍보 | 서은실 · 이여진
마케팅 | 배한일 · 김규형
디자인 | 지소영
본문디자인 | 디자인 현

주소 | 서울특별시 중구 청파로 463
기획출판팀 | 02-3604-553~6
영업마케팅팀 | 02-3604-595, 583 FAX | 02-3604-599
H | http://bp.hankyung.com E | bp@hankyung.com
F | www.facebook.com/hankyungbp
등록 | 제 2-315(1967. 5. 15)

ISBN 978-89-475-4556-3 03810